萧红全集

八月天

萧红纪念馆 编
萧红 著

北方文艺出版社

图书在版编目（CIP）数据

八月天 / 萧红著；萧红纪念馆编. —— 哈尔滨：北方文艺出版社，2018.9

（萧红全集）

ISBN 978-7-5317-4184-8

Ⅰ.①八… Ⅱ.①萧…②萧… Ⅲ.①诗集－中国－现代②剧本－作品集－中国－现代③书信集－中国－现代 Ⅳ.①I216.2

中国版本图书馆CIP数据核字（2018）第035562号

八月天
Bayuetian

作　者 / 萧　红	编　者 / 萧红纪念馆
责任编辑 / 王　爽	封面设计 / 锦色书装
出版发行 / 北方文艺出版社	网　址 / www.bfwy.com
邮　编 / 150080	经　销 / 新华书店
地　址 / 黑龙江现代文化艺术产业园D栋526室	
印　刷 / 三河市嵩川印刷有限公司	开　本 / 880×1230　1/32
字　数 / 160千	印　张 / 6.25
版　次 / 2018年9月第1版	印　次 / 2020年8月第2次印刷
书　号 / ISBN 978-7-5317-4184-8	定　价 / 32.00元

目录

诗 歌

可纪念的枫叶	003
偶然想起	004
静	005
栽花	006
公园	007
春曲（组诗）	008
幻觉（组诗）	011
八月天	015
异国	017
苦杯（组诗）	018
沙粒（组诗）	023
拜墓诗	032
一粒土泥	034

戏　剧

　　突击（三幕剧）　　　　　　039
　　民族魂鲁迅　　　　　　　　073

书　信

　　致萧军　　　　　　　　　　097
　　致胡风　　　　　　　　　　165
　　致许广平　　　　　　　　　166
　　致白朗　　　　　　　　　　168
　　致华岗　　　　　　　　　　169
　　致张秀珂　　　　　　　　　178

附　录

　　萧红年表　　　　　　　　　179

出版说明　　　　　　　　　　196

诗 歌

可纪念的枫叶

红红的枫叶,
是谁送给我的!
都叫我不留意丢掉了。
若知这般别离滋味,
恨不早早地把它写上几句别离的诗。

(本诗创作于1932年春,作者生前未公开发表。首刊于1980年10月《中国现代文学研究丛刊》第3辑《萧红自集诗稿》。)

偶然想起

去年的五月,
正是我在北平吃青杏的时节,
今年的五月,
我生活的痛苦,
真是有如青杏般的滋味!

（本诗创作于1932年春,作者生前未公开发表。首刊于1980年10月《中国现代文学研究丛刊》第3辑《萧红自集诗稿》。）

静

晚来偏无事,
坐看天边红,
红照伊人处。
我思伊人心,
有如天边红。

（本诗创作于 1932 年春，作者生前未公开发表。首刊于 1980 年 10 月《中国现代文学研究丛刊》第 3 辑《萧红自集诗稿》。）

栽花

你美丽的栽花的姑娘,
弄得两手污泥不嫌脏吗?
任凭你怎样的栽,
也怕栽不出一株相思的树来。

（本诗创作于1932年春,作者生前未公开发表。首刊于1980年10月《中国现代文学研究丛刊》第3辑《萧红自集诗稿》。）

公园

树大人小,
秋心沁透人心了。

（本诗创作于1932年春,作者生前未公开发表。首刊于1980年10月《中国现代文学研究丛刊》第3辑《萧红自集诗稿》。）

春曲(组诗)

一

那边清溪唱着,
这边树叶绿了。
姑娘啊!
春天到了。

二

我爱诗人又怕害了诗人,
因为诗人的心,
是那么美丽,
水一般地,
花一般地,
我只是舍不得摧残它,
但又怕别人摧残。
那么我何妨爱他。

三

你美好的处子诗人,
来坐在我的身边,
你的腰任意我怎样拥抱,
你的唇任意我怎样的吻,
你不敢来在我的身边吗?
你怕伤害了你处子之美吗?
诗人啊!
迟早你是逃避不了女人!

四

只有爱的踯躅美丽,
三郎,我并不是残忍,
只喜欢看你立起来又坐下,
坐下又立起,
这其间,
正有说不出的风月。

五

谁说不怕初恋的软力!
就是男性怎样粗暴,
这一刻儿,
也会娇羞羞地,

为什么我要爱人!

只怕为这一点娇羞吧!

但久恋他就不娇羞了。

六

当他爱我的时候,

我没有一点力量,

连眼睛都张不开,

我问他这是为了什么?

他说:爱惯就好了,

啊!可珍贵的初恋之心。

(本组诗创作于1932年春,第一首收入1933年10月3日哈尔滨五日画报印刷社出版的文集《跋涉》,出版时与自集诗稿略有不同。其他五首作者生前未公开发表,首刊于1980年10月《中国现代文学研究丛刊》第3辑《萧红自集诗稿》。)

幻觉(组诗)

昨夜梦里:
听说你对那个名字叫 Marlie 的女子,
也正有意。

是在一个妩媚的郊野里,
你一个人坐在草地上写诗,
猛一抬头,你看到了丛林那边,
女人的影子。

我不相信你是有意看她,
因为你的心,不是已经给了我吗?
疏薄的林丛,
透过来疏薄的歌声;
——弯弯的眉儿似柳叶;
红红的口唇似樱桃……

春哥儿呀!

你怕不喜欢在我的怀中睡着？

这时你站起来了！仔细听听。

把你的诗册丢在地上。

我的名字常常是写在你的诗册里。

我在你诗册里翻转；

诗册在草地上翻转；

但你的心！

却在那个女子的柳眉樱唇间翻转。

你站起来又坐定，那边的歌声又来了……

——我的春哥儿呀！

我这里有一个酥胸，还有那……

……青春……

你再也耐不住这歌声了！

三步两步穿过林丛——

你穿过林丛，那个女子已不见影了……

你又转身回来，拾起你的诗册，

你发出漠然的叹息！

听说这位 Marlie 姑娘生得很美，

又能歌舞——

能歌舞的女子谁能说不爱呢？

你心的深处那样被她打动！

我在林丛深处,

听你也唱着这样的歌曲:

我的女郎!来,来在我身边坐地;

我有更美丽,更好听的曲子唱给你……

树条摇摇;

我心跳跳;

树条儿是因风而摇的,

我的心儿你却为着什么而狂跳。

我怕她坐在你身边吗?不;

我怕你唱给她什么歌曲么?也不。

只怕你曾经讲给我听的词句,

再讲给她听,

她是听不懂的。

你的歌声还不休止!

我的眼泪流到嘴了!

又听你慢慢地说一声:

将来一定与她有相识的机会。

我是坐在一块大石头上的,

我的人儿怎不变作石头般的。

我不哭了!我替我的爱人幸福!

(天啦!你的爱人儿幸福过?言之酸心!)

因为你一定是绝顶聪明,谁都爱你;

那么请把你诗册我的名字涂抹,

倒不是我心嫉妒——
只怕那个女子晓得了要难过的。

我感谢你，
要能把你的诗册烧掉更好，
因为那上面写过你爱我的词句，
教我们那一点爱，
与时间空间共存吧！！！

同时我更希望你更买个新诗册子，
我替你把 Marlie 的名字装进去，
证明你的心是给她的。
但你莫要忘记：
你可再别教她的心，在你诗册里翻转哪！
那样会伤了她的心的！
因为她还是一个少女！
我正希望这个，
把你的孤寂埋在她的青春里。
我的青春！今后情愿老死！

一九三二年，七，三十

（本诗署名悄吟，创作于 1932 年 7 月 30 日，首刊于 1934 年 5 月 27 日哈尔滨《国际协报》副刊《国际公园》。）

八月天

八月天来了,
牵牛花都爬满栏杆了,
遮住了我的情人啊,
你为什么不走出来跟我会见呢?

我知道你是个有用的青年,
你整天工作着,计划着,
现在日西斜了,
你为什么不走出来给我会见呢?

听说你的父亲是死在工厂里,
我的父亲也是死在工厂里,
我们两个不都是一样孤独么?
为什么不出来会见?

为什么不出来呢?

你以为我是魔鬼么?

你以为我是小姐么?

我不是谁家的小姐,

我穿着和你同样褴褛的衣裳。

我也和你一样忙碌,

我也和你一样计划着,

那么你为什么不出来呢?

怕爱情烧毁你的计划么?

我期待你依遍门栏,

依遍晚风,

你赶快出来吧,我的情人。

你的计划就是我的计划,

我们共同相思着这个计划吧。

我走进屋来,为什么眼泪流呢?

落满了襟袖。

八月天过了,

为什么牵牛花永不落呢?

(本诗署名悄吟,创作日期不详,首刊于 1933 年 8 月 13 日长春《大同报》周刊《夜哨》第 1 期。)

异国

夜间：这窗外的树声,
　　　听来好像家乡田野上抖动着的高粱,
　　　但,这不是。
　　　这是异国了,
　　　踏踏的木屐声音有时潮水一般了。
日里：这青蓝的天空,
　　　好像家乡六月里广茫的原野,
　　　但,这不是,
　　　这是异国了。
　　　这异国的蝉鸣也好像更响了一些。

（本诗创作于1936年8月14日,附于1936年8月14日《致萧军》信后,作者生前未公开发表。首刊于1980年10月《中国现代文学研究丛刊》第3辑《萧红自集诗稿》,收入黑龙江人民出版社1981年1月出版的《萧红书简辑存注释录》。）

苦杯(组诗)

一

带着颜色的情诗,
一只一只是写给她的,
像三年前他写给我的一样。
也许人人都是一样!
也许情诗再过三年他又写给另外一个姑娘!

二

昨夜他又写了一只诗,
我也写了一只诗,
他是写给他新的情人的,
我是写给我悲哀的心的。

三

爱情的账目,

要到失恋的时候才算的,
算也总是不够本的。

四

已经不爱我了吧!
尚与我日日争吵,
我的心潮破碎了,
他分明知道,
他又在我浸着毒一般痛苦的心上,
时时踢打。

五

往日的爱人,
为我遮蔽暴风雨,
而今他变成暴风雨了!
让我怎来抵抗?
敌人的攻击,
爱人的伤悼。

六

他又去公园了,
我说:
"我也去吧!"
"你去做什么?"他自己走了。

他给他新的情人的诗说:

"有谁不爱个鸟儿似的姑娘!"

"有谁忍拒绝少女红唇的苦!"

我不是少女,

我没有红唇了,

我穿的是从厨房带来油污的衣裳。

为生活而流浪,

我更没有少女美的心肠。

他独自走了,

他独自去享受黄昏时公园里美丽的时光。

我在家里等待着,

等待明朝再去煮米熬汤。

七

我幼时有一个暴虐的父亲,

他和我的父亲一样了!

父亲是我的敌人,

而他不是,

我又怎样来对待他呢?

他说他是我同一战线上的伙伴。

八

我没有家,

我连家乡都没有,
更失去朋友,
只有一个他,
而今他又对我取着这般态度。

九

泪到眼边流回去,
流着回去浸食我的心吧!
哭又有什么用!
他的心中既不放着我,
哭也是无足轻重。

十

近来时时想要哭了,
但没有一个适当的地方:
坐在床上哭,怕是他看到;
跑到厨房去哭,
怕是邻居看到;
在街头哭,
那些陌生的人更会哗笑。
人间对我都是无情了。

十一

说什么爱情!

说什么受难者共同走尽患难的路程!
都成了昨夜的梦,
昨夜的明灯。

(本组诗创作于1936年7月作者去东京之前。作者生前未公开发表。首刊于1980年10月《中国现代文学研究丛刊》第3辑《萧红自集诗稿》。)

沙粒(组诗)

一

七月里长起来的野菜,
八月里开花了;
我伤感它们的命运,
我赞叹它们的勇敢。

二

我爱钟楼上的铜铃,
我也爱屋檐上的麻雀,
因为从孩童时代它们就是我的小歌手啊!

三

我的窗前结着两个蛛网,
蜘蛛晚餐的时候,
也正是我晚餐的时候。

四

世界那么广大,
而我却把自己的天地布置得这样狭小!

五

冬夜原来就是冷清的,
更不必再加上邻家的筝声了。

六

夜晚归来的时候,
踏着落叶而思想着远方。
头发结满水珠了!
原来是个小雨之夜。

七

从前是和孤独来斗争,
而现在是体验着这孤独。
一样的孤独,
两样的滋味。

八

本也想静静地工作,
本也想静静地生活,
但被寂寞燃烧得发狂的时候,

烟,吃吧!

酒,喝吧!

谁人没有心胸过于狭小的时候!

九

绿色的海洋,

蓝色的海洋,

我羡慕你的伟大,

我又怕你的惊险。

十

朋友和敌人,

我都一样的崇敬,

因为在我的灵魂上,

他们都画过条纹。

十一

今后将不再流泪了,

不是我心中没有悲哀,

而是这狂妄的人间迷惘了我了。

十二

和珍宝一样得来的友情,

一旦失掉了,

那刺痛就更甚于失掉了珍宝。

十三

我的胸中积满了沙石,
因此我所想望的只是旷野,高天和飞鸟。

十四

烦恼相同原野上的青草,
生遍我的全身了。

十五

走吧!
还是走,
若生了流水一般的命运,
为何又希求着安息。

十六

蒙古的草原上,
和羊群一同做着夜梦,
那么我将是个牧羊的赤子了。

十七

眼泪对于我,
从前是可耻的,

而现在是宝贵的。

十八

东京落雪了,
好像看到了千里外的故乡。

十九

月圆的时候,
可以看到;
月弯的时候,
也可以看到;
但人的灵魂的偏缺,
却永也看不到。

二十

生命为什么不挂着铃子?
不然丢了你,
怎能感到有所亡失。

二十一

还没有走上沙漠,
就忍受着沙漠之渴,
那么,
既走上了沙漠,

又将怎样?

二十二

理想的白马骑不得,
梦中的爱人爱不得。

二十三

海洋之大,
天地之广,
却恨各自的胸中狭小,
我将去了!

二十四

当野草在人的心上长起来时,
不必去铲锄,
也绝铲锄不了。

二十五

想望得久了的东西,
反而不愿意得到,
怕的是得到那一刻的颤栗,
又怕得到后的空虚。

二十六

可厌的人群,
固然接近不得,
但可爱的人们也正在可厌的人群之中。
若永远躲避着脏污,
则又永远得不到纯洁。

二十七

可怜的冬朝,
无酒亦无诗。

二十八

什么最痛苦?
说不出的痛苦最痛苦。

二十九

失掉了爱的心板,
相同失掉了星子的天空。

三十

野犬的心情我不知道,
飞向异乡去的燕子的心情我不知道,
但自己的心情,
自己却知道。

卅一

此刻若问我什么最可怕,
我说:
泛滥了的情感最可怕。

卅二

偶然一开窗子,
看到了檐头的圆月。

卅三

人在孤独的时候,
反而不愿意看到孤独的东西。

卅四

我本一无所恋,
但又觉得到处皆有所恋,
这烦乱的情绪呀!
我咒诅着你,
好像咒诅恶魔那么咒诅。

卅五

从异乡又奔向异乡,
这愿望该多么渺茫!
而况送着我的是海上的波浪,

迎接着我的是异乡的风霜。

卅六

只要那是真诚的，
那怕就带着点罪恶，
我也接受了。

卅七

眼泪对于我，
从前是可耻的，
而现在是宝贵的。

（本组诗署名悄吟，共三十七首，创作于1936年底至1937年1月初，前34首，首刊于1937年3月15日上海《文丛》第1卷第1期，后3首诗未公开发表，收入自集诗稿《沙粒》中时略有不同，首刊于1980年10月《中国现代文学研究丛刊》第3辑。）

拜墓诗

——为鲁迅先生

跟着别人的脚迹,
我走进了墓地,
又跟着别人的脚迹,
来到了你墓边。

那天是个半阴的天气,
你死后我第一次来拜访你。

我就在你的墓边竖了一株小小的花草,
但,并不是用以招吊你的亡魂,
只说一声:久违。

我们踏着墓畔的小草,
听着附近的石匠钻着墓石的声音,
那一刻,

胸中的肺叶跳跃了起来,
我哭着你,
不是哭你,
而是哭着正义。

你的死,
总觉得是带走了正义,
虽然正义并不能被人带走。

我们走出了墓门,
那送着我们的仍是铁钻击打着石头的声音,
我不敢去问那石匠,
将来他为着你将刻成怎样的碑文?

（本诗署名萧红,创作于1937年3月8日,首刊于1937年4月23日上海《大公报》副刊《文艺》第327期,被收入《萧红自集诗稿》。)

一粒土泥

别人对你不能知晓,
因为你是一棵亡在阵前的小草。

这消息传来的时候,
我们并不哭得嚎啕,
我们并不烦乱着终朝,
只是猜着你受难的日子,
在何时才得到一个这样的终了?

你的尸骨已经干败了!
我们的心上,
你还活活地走着跳着,
你的尸骨也许不存在了!
我们的心上,
你还活活地说着笑着。

苍天为什么这样地迢迢!
受难的兄弟:
你怎样终止了你最后的呼吸?
你没喝到朋友们端给你的一杯清水,
你没听到朋友们呼叫一声你的名字,
处理着你的,
完全是出于我们的敌人。

朋友们慌忙的相继而出走,
只把你一个人献给了我们的敌手,
也许临行的时候,
没留给你一言半语;
也许临行的时候,
把你来忘记!
而今你的尸骨是睡在山坡或是洼地?
要想吊你,
也无从吊起!

将来全世界的土地开满了花的时候,
那时候,
我们全要记起,

亡友剑啸，

就是这开花的一粒土泥。

（本诗创作于1937年6月20日，收入1937年8月1日上海夜哨丛书出版社出版的《兴安岭的风雪》附录中，作者为纪念革命烈士金剑啸所作，后收入1980年10月《中国现代文学研究丛刊》第3辑《萧红自集诗稿》。）

戏 剧

突击（三幕剧）

第一幕

时　间　一九三八年的初春，在黄昏后。

地　点　太原的附近，在山坡上。

人　物　石头：三十多岁，忠厚淳朴的农民，背着大铁锅。

　　　　童先生：村公所的所长。四十多岁，忠实，顽固，带着一个包袱。

　　　　福生：十三四岁的男孩。活泼，天真，带一把日本小刀。

　　　　田大爷：五十多岁，倔强，执着，拿着扁担。

　　　　田双银：田大爷的孙女，十六岁，顽皮憨厚。

　　　　李二嫂：三十岁，拿着一件小孩的棉斗篷。

幕　开　一群疲倦凌乱的人影出现在左边的山坡上，一会儿就走进山峡里去了。福生突然在对面的石坪上出现。

福　生　（大声呼喊）童先生！童先生！（没有回应，又招手）石头！石头！到这儿来呀！（仍无回应）

童先生　（疲倦地爬上石坪）你吵什么！你这小鬼！不要命啦？叫日本鬼子听见怎么办哪！

福　生　我没有喊，我招呼你呢！（石头，李二嫂上。）

石　头　去你妈的，滚蛋！

童先生　这里还好，就在这里歇下吧！……哎呀，好冷，福生，你到那边去捡点树枝来烧火。

　　　　（李二嫂疲倦地偎坐一旁，福生去弄火，石头拉过童先生的包袱往屁股底下一坐。）

童先生　哎，不能坐，不能坐，起来！

石　头　什么坐不得？

童先生　不成，不成，你知道里头有什么东西？

石　头　管他什么东西，这年头连命都不知道是谁的呢！

童先生　（抢过包袱，解开，慎重地，双手捧出灵牌，找地方安放，无可奈何地摇头，自言自语）唉，连祖宗的牌位都没有放处了。

　　　　（又拿出一个小包）嗯，这个也没丢。

石　头　什么？

童先生　这是村公所的官印。

石　头　他妈的，全村子的家财人命都没有了，你还带这破印干吗？

童先生　（又拿出户口册来翻阅着）高大东家的房子烧得片瓦不存了。

　　　　（翻一页，手指停在一个名字上）他大年初一还给我拜年来着呢，这才几天就死得这么惨！……（福生站在童先生背后看着，童先生正翻过一页，他立刻给翻回来。）

童先生　你翻什么？

福　生　李家豆腐房的那个小毛驴也完了。

石　头　你怎么知道的?

福　生　刚才我从破墙口钻出来的时候,李磨官正在倒豆腐渣呢。五个日本兵进去,问他要肉吃,他没有,他说有豆腐,他们还说,还说,不要,不要,后来又说要,"八个",李磨官他就拿来八块豆腐。他们就踢他,李磨官就往后退,一下子跌在小毛驴身上,小毛驴一抖蹶子,一蹶子没踢着日本鬼子……

童先生　后来又怎么啦?

福　生　那小日本一枪就把小毛驴给打死了。……他们就在灶里烧火,用刺刀来切肉,他们连毛也没褪呀!……那李磨官抱着驴脑袋还哭呢!那驴的两耳朵就不楞不楞的……

石　头　我说不出来,你非要我出来,我家的叫驴也不知怎么样了。你看,现在就随便让人家胡作非为了。

童先生　你不出来,还不是跟驴一样下汤锅?

石　头　出来又怎样?跑到这儿荒山僻野的,吃什么,喝什么?慢慢的还不是得回去干?

童先生　干当然也得有个干法。

石　头　什么干法,还不是他妈个打?今天不打明天也得打呀!要等明天打,何不今天就打呢?

童先生　要打,你也得合计合计呀!孔明用兵还得看看天时地利人和呢。

石　头　你总有你那篇大道理,可是什么也做不成。比方说那回抓汉奸吧,依着我就使小刀子捅了,你还要问要审还要具结,弄得五花八门,结果汉奸还不是跑了!

童先生　我是为大家着想哪!我是为了公义,我也不是成心放了他呀!

　　　　　要是误杀了人命,是我来担不是哪……

石　　头　你担不是,他妈的汉奸跑了,你又不担不是啦!

童先生　那你要把事情弄清楚一点,那是看守的疏忽啊。……

石　　头　我不管你什么看守不看守的,当初我们把汉奸交给你的,我不管你交给谁,汉奸跑了就跟你要。汉奸该宰,你把汉奸弄跑了我们就宰了你作替身!

童先生　你真不讲理,怎么"跑了和尚抓秃子"呢?

石　　头　你看,那汉奸跑了,他把日本人邀来了,弄得我们家破人亡,这都是你!都是你!

童先生　那是一回事,这又是一回事,一码管一码,你别胡搅蛮缠!

石　　头　我胡搅蛮缠?谁胡搅蛮缠啦?不是他邀来的,是你邀来的?我告你去!是你通敌!你勾结敌人!

童先生　你告谁去?你上哪儿告去?

石　　头　上哪儿告?……(举起拳头)认识吗?就上这儿告你!

李二嫂　(急躁地)吵哇,吵哇,一路就吵,怎么不叫日本鬼子打死呢?你们没日子好吵啦?

石　　头　我没日子啦?我看是你!你男人死了,孩子死了,公公又死了,这回该轮到你啦!孩子都死了,你还从日本人手里把孩子的斗篷抢下来当宝贝哩!呸!

李二嫂　我要是死倒好啦,可是又不死……死……

童先生　哎,你又跟她发火啦!

石　　头　跟你也没完呢!你以为我就饶了你啦吗?(福生玩弄斗篷,被李二嫂抢下。)

李二嫂　你不要动!

福　生　小鸦活着的时候，我抱都抱过的，连斗篷都不让我摸了，小气鬼！

童先生　（向福生）你到山上去看看田大爷来了没有，这半天还走不到……

福　生　（唱着跳走了）日本鬼儿，喝凉水儿，来到中国吃炮子儿。日本鬼儿，损到底儿，坐火车，翻了轨儿，坐轮船，沉了底儿……

童先生　（叫）福生！你要早点回来，别跑丢了呀。

福　生　知道啦！

童先生　这孩子这样小年纪就死了爹娘，连个亲人也没有……

石　头　（没好声没好气地）亲人，我们不是他亲人吗？

童先生　我们不过是一个村上住着，既不是他三叔，又不是他二大爷，我们不过是看他可怜……（沉默）我那一次看见他的刀子，我就痛心，妈妈让日本鬼子给欺负了，从敌人手里夺下来的刀子还天天拿着……

石　头　别唠叨，唠叨啦，霉气！

（童先生坐下来向灵牌呆看。）

石　头　（甩石块刮锅底）妈的，你祖宗的坟都给日本鬼子刨了，你还把灵牌带出来，"活时不孝死了乱叫"，他妈的假惺惺！

李二嫂　石头！你少说两句好不好！

石　头　臭女人，也来说我！我说我的，碍你什么事？

童先生　（对李二嫂）哎，不要理他！"宁跟君子吵顿架，不跟小人说句话。"

石　头　我他妈是小人？我又不偷人摸人，到处背黑锅，我还是小人？我要是小人，天底下没有好人啦！（刮锅底）

童先生 商量点大事吧,弄个破锅干什么?

石　头 干什么?不吃饭啦?

童先生 哎,我真昏了,怎么现成一袋子头号洋面没带出来呢?

石　头 有十口袋,不带出来也是没用。

童先生 那怎么办呢?

石　头 怎么办?想法子弄饭吃,怎么办?

童先生 锅能当饭吃?

　　　　（石头站起来搬石块架锅,只听咕咚一声,福生哭上。）

童先生 怎么回事?你怎么啦?（孩子哭,不说）说呀!这孩子到底是怎么啦?你看见田大爷他们没有?

福　生 我,我走到那边,看见树上有个……有个大鸟窝,我就拿棍儿捅,捅了半天够不着,我看那树是个歪脖树,我就爬上去啦,嗯嗯,我爬到老鸹窝边,就听见刮刮……一叫,翅膀一扑鲁,我一哆嗦,就掉下来啦!嗯……

石　头 摔坏那儿没有?你这坏蛋!

福　生 （摸着屁股）屁股还痛呢!……

双　银 爷爷你来,他们在这儿呢!

童先生 别吵吵啦,听着!小点声!是他们来了吧?

双　银 爷爷你上这边来,那边不好走!

　　　　（双银和田大爷爬上石坪。）

福　生 田大爷,我找你半天都没找着,怎么这么晚才来呀!

双　银 李二嫂,小鸦呢?我出来时看见你抱着他的,（李不答）喷!谁把他抢走了,把斗篷留下,这冷天的。

福　生 （低声）你别问啦,别问啦!

双　　银　（低声）怎么啦？怎么啦？

　　　　　（福生招手，双银过去，两人在一旁悄悄地说话。）

石　　头　田大爷，你怎么什么也不带，光带着个扁担呢？

童先生　田大爷累了吧？到这边来坐。

石　　头　田大爷，你怎么什么也不带，拿着扁担干吗？

田大爷　不，是我从家里出来，担了两件行李和双银的新做的棉袄，还有半口袋粮食……连饭勺子都带出来啦……

双　　银　（突然地）哎呀！可惜的小鸦，又精又灵的怎么死了呢？（摇着李的臂）李二嫂，李二嫂，小鸦不是都学话了吗？我还听见他说"妈妈，妈妈"……（李二嫂起来了，双银拿起衣服，给她拭泪，福生溜走了。）

田大爷　（看看他们，接下去说）后来什么都跑丢了，就剩这一条扁担。

童先生　老爷子，你的东西就是跑不丢，这样的山路你也担不动啊！

田大爷　担不动也得担哪！

童先生　你的儿子呢？没跑出来吗？

田大爷　那孩子……我不叫他回去，他偏要回去，他不放心地契，我一想，也对呀！我就说你去吧，我在外面给你望着，那时我们的房子已经烧起来了。我看太危险了，叫他不要去吧，他非要去，我拦也拦不住，看看他跑进去了，刚进去，那房子就塌下来了……

石　　头　怎么啦？

田大爷　我想他一定没命了，可是他又跑出来，我打算招呼他，叫他快点，别的东西都不要了，拿出地契就够了，可是又听见啪啪两下，他就倒了，我还以为房梁砸下来了呢，呆一会儿两个日本兵从我们院子走出来了，我再招呼他也不答应了……

石　头　你的儿子呢？

田大爷　唉，我就向前跑，反正儿子是死了，我也和他死在一道吧，我就往头里跑，那知双银拉着我又哭又号的，我的心就软了下来。想着她这么小年纪，怎么活下去呢，就跟着她来了。我们就追你们，走过庄头的时候，在马家菜园子里，看见朱老万的大儿子血淋淋地倒在地里，脖子给砍了一半，他直叫："田大爷你修修好吧，再给我一刀吧！"我一眼也不敢多看，心一狠就走过来了。

双　银　那时爷爷直着眼往前走，东西都忘记了，我就喊："爷爷！挑东西呀！"

田大爷　我就挑着东西跑，跑到壕沟沿上，就听见后面劈利叭啦一排枪，我们连爬带滚地往前跑。擎着一棵小榆树才爬上壕沟那边，又跑了五六里，双银就问我："爷爷，你的东西呢？我一看，手里就剩了一根扁担了。"（太阳渐渐落下去了，舞台呈一种阴郁沉重的气氛。）

李二嫂　唉！真惨哪！

双　银　哎，我们在路上看见的那那那个那个什么，那才惨哪！那个小孩子才有两三岁，扒得光溜溜的挂在树上，那小脚就一蹬一蹬的，我跑得老远回头看，他那红兜兜还直飘呢！

　　　　（李二嫂突然大哭，大家都呆了。童先生想去劝，几次欲言又止，老头子坐着，阴沉沉地烤火。双银拉拉李二嫂，李不理她，石头捡起一块石头，狂叫一声，把石头扔出去，声震山坳。静默，只能听见女人抽泣声，忽然听见狗叫声。）

童先生　哎呀！山底下有人来了！快把火熄了！（大家用脚踏火。）

双　银　我们往哪儿逃呢？

石　　头　往哪儿逃？来吧！帮我捡石头！（二人把石头堆起来）

童先生　恐怕是日本鬼子搜村子啊！这就是他们的猎狗……别胡闹！

（大家向山前注视，不敢出气，双银招呼田大爷。）

童先生　不要动！（拿出手枪，石头举起石块，田大爷拿起扁担）有脚步声了，你听！越来越近了！

（福生先咯咯地笑，悄悄地出现在他们后面。）

童先生　谁？

（大家掉过头来，发现是他，放下武器，双银过去抓他，石头仍抓着石块不放。）

双　　银　你这野东西！你这小死鬼儿！你这没后脑勺的，你没皮没脸的，你还咯……的呢！……谁跟你笑！我打你！……你还笑什么？

福　　生　（指石头）你看，你看，……他石头还没放下呢！

双　　银　（也笑了）哈哈哈哈！……

石　　头　（莫名其妙地看看双手，把石块放下，难为情地问福生）笑什么？还不快把火点上！怪冷的。（福生不动，撅嘴）叫你哪！听见没有？

福　　生　你那么大个子怎么不自己点？我不会点。

石　　头　你点不点？

双　　银　这可怎么说的呢？他那么点要他点。"大懒支小懒，一支白瞪眼！"我来点！（瞪石头一眼，过去把木柴堆好。）

石　　头　你放下，让他点！

双　　银　瞧你那凶样！活阎王似的！

（划火柴点火！福生不语，过来帮她弄火。隐隐听见山风呼呼的响，大家围火坐下，石头坐在一边。）

童先生　石头过来，商量商量咱们以后怎么办。

石　头　你们说吧，我听着。

　　　　（福生用小刀刻树玩。）

田大爷　我们这老少三辈，要在平常不都是一家人一样？到现在弄得睡也没得睡，过了今天没有明天，唉，这是什么年头啊！

李二嫂　唉，这倒霉的年头，早死了也算了！

童先生　咱们算是都逃出火坑来了，总算是有缘分的，可是以后的日子怎么过还不知道。这个地方不过是离敌人稍稍远一点儿，我们坐下喘喘气之后，还得往前逃哪，或者……听说王家甸子都干起来……所以我们大家得商量商量，合计合计，想个万全之策，逃不是事，不逃也不行，所以哪……

田大爷　我们这一群老弱残兵，怎么着也得干一场，说什么也不能白饶了他。

童先生　哎，说的就是呢！我们合计就是想合计这件事情，日本鬼子占了我们多少地方，杀了我们多少人，这先不说他，就说田大爷一家子，死的死，散的散，剩下他这么大年纪，带着双银东奔西逃的。还有李二嫂的孩子，那么点小命也跟着遭劫。我们祖先三代留下的房产地业，平常我们省吃俭用，连一个小钱都不敢胡花。这回日本鬼子一来弄得连个草棍儿都没有了，这笔账你说怎么算法？

双　银　怎么算法，他杀死我们多少人，我们就杀死多少小日本，怎么算法！

李二嫂　一个抵一个，那太便宜他们了，我的孩子……他们，这群疯狗！生擒活捉的把我们的孩子抢去了！……一个连话也不会说的孩子，也招着他们了吗？我的孩子……他们为什么非弄死他不可呀！……这些没天良没心肝的野兽！……

（福生用刀猛戳树干，接二连三的几下。）

田大爷 我——我活了五六十岁了，连一个蚂蚁都没弄死过，我弄死过一个蚂蚁吗？可是这回我要杀人了，我要杀人了！我非……

童先生 对！要杀！凭着我们的力量要跟他们算这笔账！

石　头 （爆发地）我们要活，要报仇！

大家一齐喊 我们要活，要报仇！

石　头 要杀！——

大　家 要杀！——（用脚踢锅，发出沉郁钝厚的声音。）

幕　下

第二幕

地　　点　　郭村近边

时　　间　　夜月

人　　物　　与第一幕同

　　　　　　壮丁：王林、赵伍

（下弦月照着一棵古树，树杈上挂着一个古色斑驳的大钟，后侧有石牌一座，露出严峻的颜色。）

开　　始　　童先生用五个利钱摇卦，口中念念有词。双银站在他旁边呆看着，李二嫂在一头烧水，福生为她劈木块，田大爷在远方抽烟，望着他们的动作，石头靠在树干上，抱膝低首假寐。童先生摇完卦，将制钱摆在地上，用手在地上划，并且翻动卦本，参阅对照，灵牌仍然好好的摆在身旁。

童先生　　（读卦词）……"目下如冬树，枯落未开花，看看春色动，渐渐发萌芽。"

双　　银　　童先生，你噜唆半天，这一卦倒是好不好哇？

童先生　　好是好，不过……要走东方，东方是生门。（自语）金木水火土……金克木，木克土，水生金，唔……这么吗……（翻日历，风丝丝的吹，日历震动作响。）

双　　银　　（急迫地摇他）倒是好卦坏卦呀？

童先生　　别急呀，这还得看日子呢。"成开皆大用，逼迫不相当！"你等我查查看，初七，嗯，初八……初九……

石　　头　　（打哈欠）什么初八初九的？

童先生　用兵得看天数啊。从前出兵，钦天监还得观星呢！这个兵书上都载着的。当初孔明用兵的时候，不也是借东风祭北斗吗？要不然怎么回回打胜仗呢？

石　头　我看人家日本兵进攻我们，也没有看日子。

田大爷　你别不信，听说日本人身上还带着护身符呢！算卦也有点道理，不能全信也不能不信，过去多少英雄豪杰比我们聪明得多，人家也都信。要是没有一点道理，谁还弄这些玩艺儿干吗？

童先生　还是田大爷上点儿岁数，比你多吃几斤咸盐，他经验多，他知道这个。这不能小看了它，国家兴亡都是有个气数的，咱们这回出师，得往东打呀！往东打是暗中有人扶持，一定是百战百胜，无攻不破，无坚不入。……

石　头　他妈的，日本鬼子由西边抽你屁股，你他妈的往东打？（大家都笑了，福生一不当心，刀子劈在手上，哭了起来。）

田大爷　怎么啦？

福　生　（哭）手……手……手……

李二嫂　这孩子！谁叫你不当心呢！

童先生　（搔首叹息）唉！

石　头　（望望星）三星晌午了，这些兔崽子还不来，简直不是他妈的办正经事儿的……（向童）你给我枪，让我打两下叫一叫。

童先生　这怎么可以呢？半夜三更的打枪，人家不是都知道了吗？唉，这些年轻的，什么也不信。

石　头　那你说怎么办呢？我们就这样死等吗？（回头看福生）福生！你找找他们去！

童先生　你别去，福生！深更半夜的让小孩子去跑。

田大爷　福生上这边来吧！让我拿衣服给你盖上。（福生走过去）让我看看你的手还痛不痛啦！

福　生　痛！（睡下，田给他盖衣服。）

田大爷　可不是，他们也该来了。（抽完一袋烟，磕磕烟袋）不会出什么岔吧？

石　头　再等一会儿看。

　　　　　（大家昏昏欲睡，李二嫂吹火，过了一会儿，石头不耐烦起来向后转望。）

福　生　（梦话）哎哟！不要打我！不要打我……妈妈！妈妈！你往炕梢上滚哪……那儿有把剪子你伸手哪，伸手啊……

童先生　这孩子总说梦话。

田大爷　（推福生）醒醒！你醒醒！

福　生　（一翻身又睡了）……妈妈，你拿剪子……扎他，扎他，使劲扎他！

　　　　　（忽然坐起来四外一看，失望似的又倒下去了。稍停。）

石　头　水还没有开吗？

李二嫂　就开。（石头站起来向后走）你干什么？

　　　　　（一排枪响，很远有狗咬声，恐怖而深远，除了福生，大家都站起来，小声说话。）

童先生　哎呀！一定是他们出毛病了。

石　头　我去看看。（欲下）

田大爷　石头！（当心的）

石　头　啊——

田大爷　你怎么这么冒失，你知道前边是什么事情，就这样冒冒失失地跑去。

石　头　管他什么事，总得看看去呀！

李二嫂　别是日本鬼子吧！

童先生　要是日本鬼子的枪声，绝不会这么近哪……好像就在耳朵边上似的……先不要动，沉着气，我们听听看。

田大爷　（问石头）你对他们说了，来的时候走哪条小路啦吗？

石　头　那还用说，他们又不是不认识路。

田大爷　他们一定是碰上日本鬼子了。

李二嫂　哎呀！那可怎么办啦！（远远有口哨声，石头注意倾听，也同样的吹一声，远远的再答一声。）

李二嫂　是我们的人。

双　银　哎呀！他们都来啦！……（叫）王大哥，王大哥，赵大哥！

赵　伍　（远远的回答）唉！……双银！

（双银跑过去，王、赵上，双银扑在他们身上欢跳。）

双　银　王大哥，王大哥，我们算卦啦！那才好玩呢，东方是生门，我们要往东走……福生还要找你们去，大家伙不让他去他就做梦啦！还叫呢！……我等你们，左等也不来！右等也不来！

王　林　来，约一约多少斤，看长了没有。（约了一下）长了多少？

双　银　长啦半斤零八两啦！

福　生　（醒了过来，坐起来）赵大哥！招镖！啪！（把小刀丢过去，赵用手一格，掉在地上。）

赵　伍　你这小子，比日本人还厉害！

（福生站起来笑着。提着裤子去捡刀，赵伍不动声色地用脚踏着刀，福生弯下腰去，赵伍打他的屁股，他装狗咬，赵伍跳开，福生拿了刀,看他一眼,大踏步回去。)

石　头　枪声是怎么回事?

赵　伍　哎!不用提啦,真糟!(抬头招呼大家)啊?田大爷,童先生,噢,李二嫂,你的孩子好吗?睡着了?

李二嫂　(苦笑)嗯——(背过脸去)

石　头　你们带家伙了没有?

赵　伍　(从袖头掏出铁尺)这个家伙怎么样?

石　头　嗯,行!

童先生　怎么,你们走错了路了吗?

赵　伍　他妈王林真不是玩艺儿,我说走小路吧,他说不要紧,好像很有把握似的,到了撞上啦!(王林摸摸头,抽口气)要不是那壕沟,恐怕我们的小命都没有啦!

田大爷　我说是吧!(问石头)年轻人就是这么不可靠,不管什么事小心点好。

王　林　我们出村子的时候,一个人都没有,倒是很好的,我们就溜溜搭搭,指天划地的,越谈越起劲,那鬼子要不放枪,说不定我们还走到他们跟前去了呢!

赵　伍　你这小子真不是玩艺儿!

王　林　得啦,别说啦吧!我要不拉你,你他妈还往前走呢!

童先生　来啦就得啦,我们谈正经的吧,别说这些了。

李二嫂　水开了,过来喝水吧!谁喝水自己舀好了。(大家喝水。)

石　头　好了,你们都来了;咱们还是按着白天打算的,大家都出发到郭村去,那儿有十个日本鬼子十杆枪,童先生这儿留守……

童先生　不成,你们都去,我也得去。

双　　银　我也去。

王　　林　瞧你那个傻样,你还去呢,没做事先敲锣,你要去,在十里开外人家就知道了。

双　　银　那我不讲话不行吗?

王　　林　不讲话你还咳嗽呢!

田大爷　你们别吵啦!"嘴上无毛,办事不牢。"

石　　头　我说啊,童先生留在这儿,双银、福生、李二嫂你们四个人看家,我跟田大爷、王林、赵伍几个人到郭村去,田大爷把风,我们分两处,一齐下手,管保他成功。

福　　生　石头,我也去。

石　　头　去他妈的,小鬼也去!

童先生　你年纪还小呢,等长大了再干。

福　　生　童先生,我也会抢日本鬼子的枪。

石　　头　你也会抢枪!

福　　生　我有刀,砍起鬼子来跟削萝卜似的。

王　　林　好小子,有种!

赵　　伍　(突然)我想起来了,我们来的那条路上不是有两个鬼子吗?咱们先把他们干掉再说!

石　　头　别忙,让我想想看……

赵　　伍　想什么呀!先把枪弄来再说!

田大爷　(问石头)让他们去吧,他们两个在这边下手,我们几个到郭村去。

王　　林　(拿起田大爷的扁担)这是谁的扁担?

田大爷　这个家伙给我,就凭这一条扁担,跟那一条铁尺,就要小鬼子的命。

赵　伍　走！（向双银）等着呗！我们打鬼子去！

福　生　（追过去）赵大哥，我呢？

赵　伍　你在家里等着啊！这孩子真乖，一会儿见啊！

福　生　（阴沉的）一会儿见！

田大爷　（走到赵伍面前，像有话说似的看了半天）当心啊！

赵　伍　田大爷！你放心好了，保管没有错！

王　林　（一手提扁担，一手拍胸，自信地）哼！走！

　　　　（王、赵下，其余的人呆望目送。）

石　头　（很快地回身走向童前）童先生！

童先生　什么？

石　头　把你的手枪给我。田大爷！咱们走吧！

童先生　（走过去问石头）我一向没说过你的短处，现在我要说了，我知道你性子粗暴，好出乱子，这次你可不得不当心啊！我们自己的死活不要紧，我们能不能打回家去，全看你们了。

石　头　童先生！你等着瞧吧！等我们回来的时候，起码一个人一杆枪，你别看我斗大的字认识不几个，我是粗中有细啦。（笑）

李二嫂　呸！

石　头　（在童先生臂膀上打了两下）再见啦！

童先生　好！瞧你的！

　　　　（石头和田大爷下。李二嫂坐在大石上，寂寞地哼着小调子，双银靠在她身旁发呆，福生玩弄小刀。）

童先生　（坐在树下看天上的星斗，停了一会儿）双银！怎么发起呆来了哪？

双　银　我在想石头他们走到什么地方了。

李二嫂　傻孩子，你怎么能想得出呢？

童先生　（拿起卦本）我们还是算卦吧！

双　银　童先生，我给你摇钱好不好？

童先生　好啊！你可别弄错了！

双　银　给我钱。

童先生　钱不在那边吗！

双　银　（摇钱，摆好）三个字儿，两个满儿。

童先生　别忙，别忙，让我看看……三个字儿，两个满儿……这一卦是谁的？

双　银　（瞪着两眼想）……算赵大哥的吧！

童先生　（翻卦本）上中……上吉……（读词）"如人行暗夜，今天得天明，众恶皆消灭，端然福气生。""谋事可成，寻人得见，出门见喜，马到成功。"他们一定成功！一定成功！让我们再摇一卦看田大爷他们怎样。

李二嫂　童先生！你给我摇！

童先生　你摇也好，只要心诚，谁摇都是一样。

李二嫂　（摇钱，摆好）你看吧！

童先生　（翻完卦本摇头）"什么马登程去，饥人走远途，前程多阻碍，退后福无方。"哎呀……哎呀……

双　银　（很急地）怎么哪？怎么哪？你快说呀！

（福生悄悄地爬起来，预备逃走，一不留神刀子落在地上，他吃惊的不敢动一动，见三人都未注意，便匆匆的拾起来溜走了。）

童先生　这一卦……这一卦……

李二嫂　　不好吗?

童先生　　不好也不是的,不过有一种不吉之兆。

双　银　　瞧你,童先生!

李二嫂　　你再念一遍给我们听听。

童先生　　糟糕!我的《康熙字典》没带出来。

双　银　　什么康七刺典哪?

童先生　　有一个字儿蹩住了。

李二嫂　　你刚才不是念过了吗?

童先生　　我刚才是囫囵吞枣的把那个字给咽下去了。

李二嫂　　你就照样再念一遍吧!到底是什么意思?

童先生　　田大爷这一趟是凶多吉少啊!

双　银　　你说我爷爷这一趟去不好吗?

童先生　　本来嘛,那么大年纪啦!唉!

双　银　　(不语,站起来就走。)

李二嫂　　双银!双银!你干什么去啊?

双　银　　(带哭的声音)我找我爷爷去!……

童先生　　回来吧,傻孩子!深更半夜你到哪儿找去?……

双　银　　那爷爷不回来怎么办哪!

李二嫂　　童先生的卦不一定灵的,这傻丫头!他一会儿就回来啦!(把双银拉回来)

童先生　　(突然)咦!福生到哪儿去了?(大家找,叫喊。)

童先生　　他也许找石头他们去了吧?

李二嫂　　对啦!刚才他不是直闹着要去吗?说不定是跟他们走啦!

双　银　　那怎么办呢?

童先生　别急,让我给他问一卦看看。(摇钱,一看就把手往膝上一拍)好啊!我算了多少年的卦也没见过这么好的!这,这,这孩子小狗命才旺呢!你看!你看!(李二嫂凑过去)这……这……一看就是那孩子有出息,将来一定成大事!

李二嫂　你快念哪!

童先生　(读词)"天兵诛贼寇,旌旗得胜回,功动为将帅,门第有光辉。"太岁星下界,这孩子的命才硬呢!将来大富大贵,从小就克爹克娘……

李二嫂　噢!噢!……(坐下)

童先生　将来还要克老婆呢!将来还要……克老婆呢!

双　银　那我可不会嫁给他。(李、童都笑了。)

李二嫂　羞啊!羞啊!

双　银　嗯——(不好意思地向李怀中乱扎。)

王　林　我说的不错吧,一个扁担一根铁尺换来两杆大枪来!

赵　伍　好的,一铁尺就把鬼子的后脑勺子开了花啦!哈哈!……(上)

王　林　(上)你别说啦!我要是不给那一个小鬼子一扁担,你小子还不知怎么样呢!

李二嫂、双银　(迎上去)怎么样?怎么样?

赵伍、王林　(一人手中一杆枪向前一举)你们看!

双　银　(笑着把枪往怀中一抱)一二一!一二一!立正!……(一个人操着喊着)

李二嫂　哎呀!你们一个人抢了一杆枪回来啦!

童先生　你看我的卦灵不灵?我的钱呢?……(找钱来摆在臂上)你

看！哎！你看，这……这……这卦简直是……

赵　伍　（拍童的臂，把钱打掉）什么卦不卦的？

童先生　我给你们算的卦是"谋事可成，寻人得见，出门见喜，马到成功！"是不是？果然不错吧？

赵　伍　我们走得离他们不远，就在地下爬，看见两个鬼子在那儿吉哩刮啦的，说一会儿叹一口气，说一会儿叹一口气……

王　林　看那样子还很伤心的呢！

赵　伍　他们正伤心呢，我们就爬到他们后面。看见一个家伙还抹眼泪呢！我心想，你别伤心啦！回老家去吧，一铁尺就搂了个脑浆迸裂，连叫也没叫一声。（大家笑了。）

王　林　旁边那个小子愣了一愣，手里抓着枪就要搂火，我就搂头一扁担，我看他晃了两晃就来了个狗吃屎。（大家又笑了。）

童先生　他们一枪都没开？

赵　伍　他把枪子儿留给我们用了，他舍不得开。（大家又都笑了。）

王　林　把枪拿过来吧！

双　银　不！我还操操呢！二嫂！你也来！（给李一杆枪）向后转！向后转！……（开步走）

李二嫂　（把枪给王）搁下吧！别把枪鼓动坏了！

双　银　你不跟我练兵，回头我跟那小没后脑勺的练去。

赵　伍　把枪给我，回头动坏了！（远处有狗咬。）

双　银　不！我给我爷爷！……（远处有狗咬。）

童先生　你听，老远的狗叫了，别胡闹啦！许是他们回来！

双　银　（跳起来）可不是！又是小没后脑勺的在那儿装着玩儿呢！我去接他！（跑过去）

赵　伍　（拦着她）给我枪！

（双银把枪给他，叫着跑下去，王、赵也下。）

双　银　小没后脑勺的！操操来！（石头背枪上）

赵　伍　怎么样？（石不答）都回来了吗？

石　头　（看看他沉重的低头）都回来了。

田大爷　别吵！

（田大爷背福生上，王、赵随在后面，双银在田大爷后面乱叫。）

双　银　小没后脑勺的！刚才你怎么跑啦？我们找啦你半天！我们给你算卦啦；咱们有枪啦！咱们操操玩好不好？你怎么啦？怎么不理我呀！小没后脑勺的！别装死喽！

石　头　滚一边去！（田大爷把福生放在大石块上。）

李二嫂　这是怎么啦？

田大爷　这孩子怕是没指望啦！

双　银　（看福生）二嫂！你看！（福生呻吟着。）

李二嫂　福生！福生！（福生呻吟）孩子，你觉得怎么样？

童先生　石头，他是怎么伤的？

石　头　这孩子实在太好了，要没有他，说不定我们都回不来啦！

赵　伍　你怎么搞的，怎么不看着孩子呢？

石　头　不是，是这么回事。我们走到郭村跟前，我就干了一个哨兵，摸到他们营房外边。原来是叫田大爷把风，一边接枪。我进去，刚从架上摘下来三杆枪；正往外递，就听见炕上一个鬼子醒了……

赵　伍　怎么了？

石　头　我想掏手枪，可是手里拿着两个大枪，正急得没办法，就听见醒了的家伙哎呀一声……

王　林　怎么?

石　头　我看见一个黑影提着刀子就往外跑了……

童先生　谁呀?

石　头　是福生,他把那鬼子一刀给捅死了……

大　家　是他!

田大爷　(沉重地点头)是他。

石　头　他先蹲在炕边,鬼子一翻身他就给了一刀,就往外跑。他们不知道有多少人,也不敢出来,屋子里直往外打枪,我也不敢招呼,拉着田大爷就在地下爬着走,跑到墙拐角的地方,就看见福生在那爬着呢!手里还拿着这把刀。(大家沉默,听见风响。)

福　生　(说呓语)鬼子……鬼子……杀啦!……(坐起来睁眼找)

李二嫂　福生!福生!……你找谁?(福生做手势)你要什么啊!

福　生　我的……

双　银　你的什么呀?

福　生　刀……刀……(杂着呻吟)

石　头　给你刀……(把刀递过去,田大爷接刀给福生。)

田大爷　福生!你的刀在这儿呢!……拿着啊!

福　生　把这血给擦下去……

田大爷　(用袖子擦了刀又递给他)拿着吧,孩子,你看,已经擦好了。

福　生　田大爷……(对着月光看刀)嘿嘿……(笑了)这是刀吗?……这是我的……(举起刀往上戳)就这一下!就这一下!(笑)爸爸!妈妈!(手在空中乱摸)

李二嫂　福生!福生!(扶他躺下)

福　生　（挣扎着向前扑）爸爸！妈妈！妈妈！（躺下，大家围过来。）

李二嫂　福生，孩子，你看看我！

　　　　（福生不答，李二嫂拿起他的手贴在脸上，手一松，他的手就掉下来。）

双　银　哎呀，他！（向后退）

　　　　（大家低着头退开）

田大爷　（眼直望着前面，风飒——飒——的响）这孩子……这……这……这是怎么……一个十几岁的孩子……他的爸爸他的妈妈……他……这是怎么的？……他应该活着，他正好活着……我们石头，李二嫂，童先生，王林，赵伍……我们都活了几十岁了，要怎么都成，死就死，活就活……他，这孩子……孩子们……才十几岁呀！……

　　　　（李二嫂和双银痛哭起来，双银投入童先生怀中，童先生扶她坐下，取出一炷香点着，用棒敲钟，田大爷把孩子抱起来向后台走，大家沉默着，风仍在飒——飒——的响，清寒的月光，冷静地照着石牌上突击来的几杆枪，幕随着钟声慢慢的落下去了。）

第三幕

时　间　黎明之前

地　点　田大爷的家

人　物　石　头

　　　　　童先生

　　　　　田大爷

　　　　　李二嫂

　　　　　双　银

　　　　　王　林

　　　　　赵　伍

　　　　　日本兵二名

　　　　　乡民多人

景　物　在村头，塌了顶的房子，被炮火轰毁了的土墙，打折的树木，死了的牲畜，男女的尸体，这一块被蹂躏的痕迹，还都新鲜的存在着，穿红兜兜的小孩挂在树上摇动着，田大爷的地契凌乱的挂在柴草上。

开幕时舞台静寂，少顷两日本兵上。

甲　呃！香烟有！

乙　有，坐下歇歇腿吧！

（乙从口袋里拿出五台山香烟二支，擦着火柴照着香烟，甲看了香烟

的牌子）

甲　呃，五台山的牌子（吸一口后，夹在指间，沉吟的）五台……

乙　（轻轻的推甲）喂！想家了吗？

甲　（转脸向乙）你听说过五台的游击队吗？

乙　别提这些吧！提起这个我的头就痛。

甲　我们那次用几个师团包围他们。

乙　去，去，去，不管他几个师团。

甲　听说他们还自己开银行，印邮票呢！

乙　他们也用我们大日本的邮票吗？

甲　大概是不用吧！

乙　我就讨厌游击，来，不知道他们从哪里来；去，不知道他们从哪里去。

乙　好像地缝中都会钻出来一样。（急转头看，惊慌的寻找）你看什么？（甲用手摸头顶，很难为情地笑一笑。）

甲　听说我们来到中国的队伍都不能回国了。

乙　（深深的吸口烟，向天徐徐的吐出，从破墙上跳下来）走。

甲　休息，休息呀，我们好多天也没得休息了，我的腰都痛了。

乙　腰痛啊！等回国后到皇军医院免费电疗吧！

甲　等我的骨灰送回国再电疗，免费电疗！

乙　走吧，走吧！（焦躁的）

甲　（仍坐在那儿）妈妈的，我们的大队都走开了，这村子里就留下我们十几个人，老百姓也逃光啦，我们用飞机送来的给养，都接济不上，连香烟都没得抽啦！

（懒洋洋的，二人起身走，乙摔倒在尸体上。）

乙　（摸一手血，惊疑的）什么玩艺！倒霉倒霉！

甲　怎么啦！

乙　怎么闹的，弄了一手。（拿起手来嗅了一下，恶心。）

甲　血。

乙　讨厌，讨厌！（两手无处放。）

甲　走吧！

　　（稍停，石头，王林从破墙壁后紧张地走过来各处察看了一遍。）

石　头　（爬上高处，砰砰两枪，即跳下，躲避起来，四面枪声大起，墙旁退过日本兵二名，均被石头击死。在石头身后墙壁上出其不意地跳下日本兵一名，抱住石头的头滚在地上，二人扭打。王林抽空打了一枪，日兵死，王林转到石头身旁，不料墙后又来一日兵，被石头击死在墙后，四面杂乱的枪声中传来喊杀的声音，石头用口哨回答，石头喊着）追呀！见一个杀一个，冲呀！杀呀！干呀！

赵　伍　石大哥，这边怎么样？

石　头　从墙上翻下四五个，全解决了。（向王）王老弟，你守住这路口，我们冲过去。（石、赵下）

田大爷　（在幕后喊）双银！快呀！别丢在后头！（田大爷、双银上）

田大爷　（木然的呆看，向四下望，手扶着墙上）墙，房子。（走过去）双银！拿根蜡来，（弯着腰在找什么，忽然站起）还有，还有锅台，（强烈的）我到底回到我的家来了。（狞笑）哈哈……

双　银　（从柴棍上拾起地契）爷爷，爷爷，你看这上头有你的名字。

田大爷　拿来我看。

双　银　爷爷，这是什么东西？

田大爷　我们家的地契。双银！你帮我找……帮我找……

双　银　爷爷，找什么呀？

田大爷　你二叔，你二叔……

双　银　二叔不是死了吗？

田大爷　死了也要看看他的尸首。

双　银　爷爷！拉倒吧，死了你还找他干吗？看见他你更要难过呢！

田大爷　我要找着他……一定得找着他，难过（苦笑）哼……

王　林　谁？（人声）

双　银　爷爷，有人！快把蜡吹灭了。

　　　　（田大爷吹灭了洋蜡。）

童先生　我！（幕后）

王　林　哦！童先生吗？你怎么这时候才来？

双　银　童先生你可把我们等死了，哎呀，李二嫂怎么啦，怎么这个样子啦！

童先生　可把我急死啦！走在半路上李二嫂也不知道怎么回事，一人乱跑，她喊着你别抢我的孩子，把他还给我，你别抢去他，他是我的，他离不开妈妈，他离不开……一边喊着，一边疯了似的乱跑。起初我还追得上，后来她越跑越快，把我一丢就丢得好远，我连一个人影都看不见了。黑天半夜我也没有办法，人既然找不着了，只好回来找我们的队伍，没想到走到村外的小河沟里我就听见一个女人哭。起初我很奇怪，这时候哪儿来的女人哭呢？后来越听越像李二嫂的声音，我就大着胆子走去一看，果然是她披头散发的，衣服也都撕开了，胳膊上还刺伤一块，看这样子一定是被鬼子糟蹋了。

王　　林　快安排她坐下吧，童先生。（把李二嫂放下，李二嫂呻吟着。）

双　　银　李二嫂，李二嫂！

童先生　你不要动她，快找个东西来盖盖。

王　　林　妈的，这些活造孽的鬼子！

童先生　（叹息）唉！谁想得到李二嫂那么好的人，得这么个结果。

王　　林　男人都太没有用了！么多人在一道走，会让她一个人跑开，谁会想得到呢？

童先生　谁会想得到啊……

双　　银　童先生，你看她胳膊上的血还直往外流呢！

童先生　我脑子弄昏了，快找东西给她包扎起来。

（双银四面看看，找不到东西。）

王　　林　来，来，来，（把腰带解下撕下一条）拿这个给她包上。

（双银给李二嫂包扎。）

李二嫂　（先是呻吟，后呼痛）唉，唉……哎哟（睁眼立起）你们，你们还在这儿，还不给我滚开，你们这些肮脏，下贱，恶心……你们这些鬼子，你们以为我就这样好欺侮吗？我不怕……（站起来）

童先生　李二嫂，李二嫂，你不认识我们啦？李二嫂，你把眼睁开看看！

双　　银　哎，李二嫂！……这是童先生……我……我是双银。（扎着手，吓得没办法）童先生，你快叫她坐下吧！

李二嫂　（把童先生一推，疯狂的跑，喊叫）你们以为我就不能报仇了吗？我儿子终究要长大的，他终究会宰了你们的……嗯！……

（狂笑坐在墙头上）

田大爷　（站着，茫然地直起腰）嗯？嗯？（看看她又低下头去找。）

童先生　王林快来！我们架着她！

王　林　她这样的人,你得顺从她,不能强制她,越强制越厉害。

童先生　那怎么办呢?要不叫双银……

双　银　我不去!我怕!

童先生　还是我来吧,你不让她跑怎么办呢!(向李那边走去。)

李二嫂　(看见童走来,拿起墙头上的砖向他投去)你来!你敢,你这没廉耻的狗!你敢动我一动!

童先生　这……这……这……真糟心!……你这样闹下去怎么是个完啦!(自语)总得想个办法!(叫)李二嫂!你这是干什么呀!你怎么变成这个样子啦!

李二嫂　哎!(对着墙)你们别站在那儿不动哪!你们快来帮我的忙呀!快来呀!你们瞪着眼干什么?你笑?……你笑什么?……嘿嘿……你们这些不中用的东西!

双　银　童先生!你让她别这样啦!

童先生　你报仇也不是这么个报法呀!人家前边打得那么厉害,你在这是什么样子?什么样子?你这样就报仇了?

李二嫂　(向观众)你们来呀!鬼子在这儿呢!你们快来呀!你们跟我来呀!我们一道去呀!报仇!杀——杀——(跑下去了)

童先生　(追去)李二嫂!李二嫂!……

王　林　童先生!让她跑去吧!(自语)唉!一个人被糟蹋得这么可怜!(田大爷由墙后背个死尸出来,一不留神被日本兵的尸体绊倒,上气不接下气的呻吟。)

童先生　啊!田大爷!(回身向双银)双银!快!

双　银　(急转身,跑到田面前)爷爷!你怎么了?

田大爷　你二叔……你二叔……我的蜡呢?我的蜡呢?

双　银　爷爷！不是在你手里拿着吗？……童先生！你给划个火！（掏出火柴给童，童划洋火点蜡。）

田大爷　（用蜡照死尸的脸，一手拿蜡，一手抚死尸的脸）是他……这就是他……他……

双　银　哎呀！爷爷！我怕！你不要照啦！我怕呀！

童先生　田大爷！田大爷！你太累了，到那边休息休息吧！

田大爷　（揭开儿子的伤口）你看这伤口，这血，这是鬼子的枪打的……

双　银　爷爷！看你的眼，多怕人呀！你不要这个样子了！

童先生　田大爷，反正他是死啦！你也就不要难过啦！

田大爷　难过吗，没有，我一点也不难过。

双　银　爷爷，不难过，你为什么哭呢？

田大爷　没有，我没有哭！我……我……（抽气）我儿子死得冤枉！他没有杀着一个鬼子，他没有杀着一个呀！……

赵　伍　弟兄们加劲儿呀！我们要使他斩草除根，一个不剩！

石　头　你们分三路搜索，检查一下我们受伤的弟兄，我去看看童先生他们来了没有。

童先生　石头来啦！（喊）石头！

石　头　哎！

双　银　我们打胜了吗？

石　头　（上）胜啦！哈哈！鬼子都收拾干净啦！王家甸子的队伍和我们会合了！

童先生　一个也没留吗？

石　头　留下了几个？都见阎王去啦！哈哈！……

童先生　（向双银）你看我的卦灵不灵？真灵啊！你不能不靠天数！

双　银　别说了吧！你把福生都算死了还灵呢！爷爷！爷爷！我们打胜啦！

田大爷　胜啦？我们打胜啦？真的？

童先生　我们打胜啦！

田大爷　（向死尸）你听见没有？我们打胜啦！（向石头）我们把鬼子都杀光啦？

大　家　都杀光啦！

田大爷　杀光啦！……杀光啦！……（向死尸）都杀光啦！

童先生　双银！来扶你爷爷到那边去。（二人扶田到墙边坐下。）

田大爷　（走时不住回头看死尸，自言自语）可惜，他看不见了！

石　头　童先生，双银，你们去把枪给捡一捡……王林，来，把双银的二叔抬到后面去……把这些死狗扔出去！（两人抬死尸，两人捡战利品。）

双　银　童先生！你把这些都写上！……（检视）……水……壶……五个！（童先生重复他的账）……铁帽子三个……（摘下童先生的帽子，把钢盔给他戴上）……枪子儿……三大串！……（一抬头看见墙头穿日本大衣的王林，吓得后退）鬼子！（石头举枪要放。）

王　林　石头！你也不剥皮认认瓢！（大摇大摆地过来，拍拍胸脯将大衣散开让别人看。）

石　头　他妈的，有你穿的没我穿的？看我的！（下去找大衣。）

童先生　还有我的印！

双　银　你要什么？快记你的账去吧！

　　　　（鸡叫了，石头披大衣上，打着呵欠。黎明的光辉往地平线上升起,远处有群众的歌声。田大爷扶墙起立,和着歌声,断断续续的唱着。)

田大爷 打起火……呵把,拿……呵……起枪,带足……喔了子弹!干!……安……安粮,赶快上……安……战场!(群众的歌声渐近渐响)

石　头 （招呼）哎咳唉!……

双　银 （向童）你快……快……快!大家都来啦!都来啦!

　　（田大爷更大声的唱,群众拿着火把,枪,唱着上……王林用手将枪钟摆一样地摇动,石头猴子样的跳着舞着……群众的喜悦冲上了天穹。）

　　　　　　　　　　　　　　　　　　　　幕　下

民族魂鲁迅

（剧情为演出方便，如有更改，须征求原作者同意。）

第一幕　人物

少年鲁迅

当铺掌柜甲、乙

蓝皮阿五

何半仙

单四嫂子

孔乙己

王　胡

阿　Q

牵羊人

祥林嫂

第一幕　剧情

六十年前的八月三日，鲁迅先生生在浙江绍兴府。

他的父亲姓周，母亲姓鲁。鲁迅先生的真姓名叫周树人，鲁迅是他的笔名。

他生来记性很强，感觉很敏，生性仁慈，对于人类怀着一种热爱。他的一生的心血都放在我们民族解放的工作上，他的工作就是想怎样拯救我们这水深火热中的民族。但是他个人的遭遇很坏，一生受尽了人们的白眼和冷淡。

这哑剧的第一幕是说明鲁迅先生在少年时代他亲身所遇的、亲眼所见的周围不幸的人群。他们怎样生活在这地面上来，他们怎样的求活，他们怎样的死亡。这里有庸医误人的何半仙，有希望天堂的祥林嫂，有吃揩油饭的蓝皮阿五，有专门会精神胜利的阿Q……

鲁迅小时候，家道已经中落，父亲生病，鲁迅便不得不出入在典当铺子的门口。

鲁迅看穿了人情的奸诈浮薄，所以从很小的时候，就想改良我们这民族性，想使我们这老大的民族转弱为强。

第一幕　表演

舞台开幕时，是一片漆黑。

黑暗中渐渐的有一颗星星出现了，越来越亮，又渐渐隐去。

黑幕拉开，舞台有个高高的当铺柜台，柜台上面摆着一个浑圆的葫芦，一个毡帽大小的一把酒壶。当铺门口西边有一张桌子，桌子裙是一张白布,什么字也没有写。东边是两件破棉袄乱放在那里。近当铺门口有个小石狮子的下马石,是早年给过路人拴马用的,下马石旁边立着一根红色的花柱。柱顶上有块招匾,写个很大的"押"字。

开幕后,哑场片刻。

单四嫂子上,手中抱着一个生病的小孩,她显出非常的疲倦,坐在小石狮子上休息,擦汗,喘气,叹息,看视小孩,惊惶,将小孩恐惧地放下,左右找人。没有,又将小孩爱抚地抱在怀里。流泪,用手摇小孩,看天,做祈祷的样子,掠发,擦汗,又检视小孩。

蓝皮阿五上,形状鬼祟,以背向后退,做手势和别人讲话,手势表示下面的意思:小孤孀,好凄凉,我明天,和你痛痛快快喝一场……在咸亨酒店,半斤不够,一个人得喝三斤,明天见……正退在石狮子上,差一点没有和单四嫂子相撞。

看见了单四嫂子,又看见了她病了的孩子,故作惊奇的样子,又表同情的样子。替单四嫂子抱孩子,专在单四嫂子的胸前和孩子之间伸过去。

单四嫂子很不安,要把孩子再接过来。

蓝皮阿五表示没有什么。

单四嫂子想找个医生给孩子看病。

蓝皮阿五把孩子交给单四嫂子抱着。

蓝皮阿五走到桌子前边,将桌子大声一拍。

桌子自己掉转过来,桌裙上写"何半仙神医,男妇儿科,老祝由科,专售败鼓皮散,立消水鼓,七十二般鼓胀"。桌子后钻出何半仙来,头戴帽翅,身穿马褂,手拿小烟袋,指甲三寸长,满身油渍,桌上放一个小枕头。单四嫂子走过去,把孩子给他看。

何半仙看了以为没有什么，做手势说得消一消火，吃两帖就好了。

单四嫂子掏钱给他。何半仙认为还差三十吊。单四嫂子解下包孩子的袍皮托蓝皮阿五去当。

蓝皮阿五到柜台上大声一拍，柜台上的葫芦和酒壶处就出现了两个人，一个是掌柜甲，一个是掌柜乙，原来葫芦是秃头的秃顶，酒壶是那一个的毡帽。

蓝皮阿五当了四十吊钱，自己放了十吊在腰包里，给单四嫂子三十吊，又把手贴着单四嫂子的胸前伸过去，替她抱孩子，走在小石狮子面前，他用脚一踢，石狮子打碎了，出现了已经折了腿的孔乙己，他用手在舞台上膝行着走来走去。他在抱柱上用力一拍，柱后转出祥林嫂。

祥林嫂一直找到何半仙那儿去问人死了之后，有没有地狱和天堂。

蓝皮阿五随便用脚拍的一声踢着两件破棉袄，里面钻出王胡和阿Q，两个人比赛拿虱子，他说他的大，他说他的响，两个人龃龉起来。

王胡后来终于没有比过他，就拿出火链来，点起亮来，吹灭了又点，点了又吹灭，故意戏弄阿Q，阿Q大气。他是癞痢头，最忌讳别人说亮了，亮了。一手就捏住了王胡的辫子，王胡也来捏住了阿Q的辫子，两个人不分上下，两个人在墙壁上照出一条虹形的影子，两个人都不放手。

少年鲁迅带着可质的物件上，一直走到柜台上，把质物递上了。

两个掌柜本来正看着王胡和阿Q打架，一面随着他俩的动作眉飞色舞，一面还做着两面的指导人。看见鲁迅来了，耽误了他们的兴趣，就非常地不高兴起来，故意刁难，故意揶揄。

掌柜甲以为：哈哈你又来了。掌柜乙便作态着来数落，昨天来，今天又来，明天还要来的。

掌柜甲认为货色不好，显出很不愿意收的样子。掌柜乙以为这已是老主顾，收是可以收，但得典费从廉。掌柜甲以为，你和他何必斟斤驳两，你反正从廉从优，他都得典的，你索兴摆个面孔给他看就完了。

掌柜乙以为这不过还是买卖，卖身也得卖个情愿的，便肯出五十吊。掌柜甲认为不值，只肯出四十吊，对掌柜乙大示挖苦。掌柜乙为了保持自己的尊严，所以一定坚持五十吊不可。两个人争起来。掌柜甲不服气，把掌柜乙推开，伸出一只手来表示只肯给四十吊。掌柜乙趁势又钻出头来，把掌柜甲推开，伸出手来表示肯出五十吊。掌柜甲又把他推开，伸手只肯出四十吊。他们三番五次闹了半天，他们俩都疲倦了，于是他俩互相调和起来，协商的结果，肯出四十五吊钱。

少年鲁迅站在柜台前边，面对着这幕喜剧，不言不动不笑……直到他们耍完了，收了钱便走了。

两个掌柜因为这个少年没有参加他们的喜剧，非常不满足，彼此抱怨起来。

这时祥林嫂看见鲁迅走来，便探视他：地狱和天堂到底有没有呢？

鲁迅想了一会儿，点头说有的。祥林嫂脸上透出感慰的光辉。

鲁迅走过何半仙那儿的时候，孔乙己追着他讨钱。鲁迅给了他，下。

孔乙己掏出酒瓶来饮酒，阿Q、何半仙都围拢来争看他手中的钱。舞台渐暗。

舞台全陷在黑暗里，只有脚尖有亮，一个人牵一条羊上，四面黑暗里显出百千的猫头鹰的眼睛，牵羊人大惊而逃。小羊仔怔忡了半天，不知往哪里逃。黑暗重重的洒落下来。

幕慢慢地落下来。

第二幕　人物

鲁　迅
日本人甲、乙
朋　友
"鬼"

第二幕　剧情

鲁迅先生十八岁的时候，那时父亲已经死了，连鲁迅先生读书的学费也无法可想了。母亲给他筹了点旅费，教他去找不要学费的学校去。鲁迅先生就拿着母亲筹给他的旅费，旅行到了南京，考入了水师学堂，后来又进矿路学堂去学开矿，毕业之后，就派往日本去留学。

在日本，鲁迅先生学的是医学，他想要用医学来医中国人的病。

在仙台医学专门学校学了两年，这时正值日俄战争，鲁迅先生偶然在电影上看见一个中国人因为做侦探而将被斩，因此鲁迅先生觉得在中国医好几个人也没有用处，还应该有较为广大的运动……

从那时起，鲁迅先生就放弃了医学，坚决的想用文学来拯救我们的中华民族。

鲁迅先生二十九岁回国的。一回国就在浙江杭州的两级师范学堂教化学和生理学，后来又在绍兴做了一个师范学校的校长。有一次鲁迅先生走夜路，在坟场上遇到一个影子，在前边时高时低，时小时大，似乎是个鬼。鲁迅先生怀疑了一会儿，到底过去用脚踢了他。虽然鲁迅先生也怀疑了一下，是鬼呢，不是鬼呢？但到底他敢去老老实实地踢他一脚，这种彻底认准了是非，就是鲁迅的精神。

第二幕　表演

青年鲁迅正在试验室做试验，一面将试验管里面的现象，变化，反应，结果……记录在纸上。

一个蒙在一条地毯下面的日本学生钻出来。吃醉了酒，口吹着口琴，跳舞，闹着。

看了鲁迅在工作，非常惊奇。动动这个，摸摸那个，鲁迅依然不为所扰，沉静的工作着。

那个学生觉得无聊，就在地上乱找，他东找出一本书，西找出一本书，都生气地丢开了。找了半天，最后才找寻到一段香烟，非常喜欢。他在屁股上划火柴去吸，几次都吸不着。原来他找到的不是什么香烟，而是一只粉笔头儿。他停了跳舞，想在黑板上写字，故意做出听取鲁迅意见的样子，在黑板上写着，仿佛记录的是鲁迅的意见。

人＋兽性＝西洋人
人＋家畜性＝中国人

鲁迅冷冷的看了他一眼，并不睬他，仍在工作。

那个醉鬼跳着下去。

另一个日本人上。手里拿着个幻灯，摆在桌上，开映照片，做出招呼鲁迅去看的样子。

幻灯映出一个中国人因为做侦探而将被斩，阿Q麻木不仁的在旁边看着，而且把下巴拖下来嘻嘻傻笑。

鲁迅于是非常痛心，他觉得在中国医好几个人也是无用，还是应该有较为广大的运动……他默坐在桌边沉思起来,目送着那个日本人鬼祟地走去。

鲁迅的一个朋友走来了,手里拿着许多文学书,有一本上面写着"新生"两个字,还拿着一大卷稿子。

鲁迅非常高兴,立刻将化学仪器移到另一个桌子上,把许多书都排开在原来的试验桌上。

那个朋友也到幻灯那儿去放映,映出托尔斯泰,罗曼·罗兰,契诃夫等人的半身像来。

鲁迅决定献身文学。

鲁迅立刻伏在桌子上写稿。

灯光渐暗,舞台全黑。

舞台又渐渐亮起来。

鲁迅一个人在荒野上夜行。

远远有一座坟场,有一个鬼影子时高时低,时大时小……

鲁迅踌躇了一会儿,怀疑着是人是鬼呢,莫能决定,仍然莫睹一样地走向前去。走到那鬼的跟前,用脚猛力一踢,原来蹲在那儿的是个掘墓子的人。被这一踢,踢得站起来,露出是个人样儿来。把他的铁锤吓得当啷落地,瘸着腿儿逃走了。

鲁迅目送之下。

幕急落

附记:

如没有幻灯,可画几张大画,在舞台里边用布遮住,拉一次布幕就露出一张来,拉数次布幕即可见画数张。

第三幕　人物

鲁　迅
朋　友
绅　士
强　盗
贵　妇
恶青年二人
好青年二人

第三幕　剧情

鲁迅先生在北京的时候，和假的正人君子们，孤桐先生，就是章士钊那些人们所代表的反动势力，作着激烈的斗争，因为他们随便地杀戮青年。鲁迅先生在这个暗无天日的军阀政客统治的高压下，一个人孤军作战，毫不容情地把这般假的正人君子们击倒。

但在同一个时候，北京的学者，也有人在提倡实验主义，磕头主义，君子主义的主张，来和敌人妥协。但鲁迅先生对这些都一概置之不听，认为和这些假的正人君子、假的猛人战士不能讲客气，只能打到底。

比如打已经落在水里的狗，非要再打它不可，一直打到它不能爬到岸上来，才放手。因为不这样，那狗爬到岸上还要咬人的，还要弄了人一身泥污的。

所以后来有几个学者到段祺瑞政府去告密，说鲁迅先生不好，要捕拿他。

鲁迅先生得了朋友的帮助，逃到厦门，又逃到广州，在广州中山大学做了教授，后来辞职才去上海。

第三幕　表演

开幕后，舞台上露出一段篱笆，用竹子做的，上边挂个牌子"内有恶犬"，篱笆下有两块灰色的圆石头平放着。

篱笆的一边，有个水池子。

鲁迅先生正用一个竹杆在打着什么东西。

一个贵妇人牵着一条小哈巴狗轻巧的走过。路上有一块砖头，她踮了一下，差点儿没跌倒了。

鲁迅先生的朋友，一个很文雅的教授，戴着眼镜，挟着一个很大的公事包走过来，对鲁迅先生作势，请他不要打。

鲁迅不听，认为非打又从而打之不可。

朋友又和他表示了一些仁侠精神的道理，走过去。

篱笆下面一块灰色石头底下，钻出一位绅士来，他把那盖在地上的，原来当作石头蒙着他的那张灰色长衫穿起来，跑到另外的一块灰色石头的旁边去，把钱放在一个小小口袋里，打打哈欠，伸伸懒腰，站起来预备要走的样子。

忽然一个铜板当啷落地，那位绅士分明看见那个铜板，但不就拾起，他在地上假设一块可以找到的铜板的地方，有两码见方的地方，他把它等分的画着方格子。然后从第一格找起，一直找到有铜板的格子为止，才把铜板捡起，他实行着实验主义。

他站起来走路的时候，他忽然忘记了人身上的四肢，不知那两肢是为的走路的,他先试着几步,觉得不能充分证明脚是用来走路的,便爬下去用手来走路试试,这一走,气喘汗流,才又转过来,用脚来走路。

他吃香蕉不知是带皮好吃,还是不带皮好吃。第一个香蕉他就带皮吃了,吃了之后,他发现它有好吃的部分,也有不好吃的部分,第二只香蕉就只吃皮,而把瓤丢了不吃,直到第三只,他才决定香蕉是吃瓤儿的。

另外那块石头下面藏着一个强盗,强盗爬起,把那块原来当做石头的盖在他身上的一张空包皮,打叠起来,往背上一包,就去抢那位绅士的钱袋。

那位绅士见逃不了,慌作一团。因为手颤不止,把钱袋丢落在地上,要自己逃走。

强盗弯下腰来,拾取钱袋,以背向着那位绅士。

绅士本来可以乘他不备抢回原物,刚想伸过腿去踢他,但是以为那样子太失去了绅士的体面,再说也太不公道,于是摆手唤他转过脸儿来,再去打他不迟,不愿做背后进攻的事情。

强盗转过脸儿来,他伸手去打强盗,没有打着,反而自己挨了一掌。

绅士见身后有一块砖头,转身去取,以背向强盗。强盗却不如方才他那样客气,在他屁股上猛踢一脚,把他踢倒在地。

强盗因为回头注视他,没当心,被那块砖头绊倒了。

绅士走过来,本来可以乘他倒时打他,但也寻思了一会,仍然招手把他唤起,用手扶着他的肩膀,帮他站好,然后摆好阵势,才伸拳去打他,没有打着,反挨了对方一掌。

这时这位绅士又去拾取砖头,强盗乘他不备,伸出脚来,又把他踢倒。

强盗拿起钱袋扬长而去,绅士则懊丧失望,用脚走下舞台去。

这时二恶青年上,他们看见了鲁迅在水边坐着。

青年甲认为鲁迅是有闲,有闲,第三有闲,一定是在看风景。

青年乙则认为鲁迅是醉眼矇眬,一定是看见了一只青蛙,以为是什么怪物,在那儿昏头昏脑的打了起来。

那青年学着鲁迅的样子在看,然后自己蹲在地上做出青蛙在跳的样子,然后又立直了,像个旁观者似的看着,看了一会儿,又自己做出打滚的样子,又做出被打到水里的样子。

表演累了,便从自己的口袋中取出酒瓶喝起酒来,两人的结论相同,非常满意。两人携下。

前一刻下场的鲁迅的朋友又上,样子比较惊慌,装束同前,仍然挟着大皮包。

他来告诉鲁迅先生一些段执政惨杀青年的消息,随后即走下舞台去。

这时有一青年,手持火把,从鲁迅面前跑过。

又一个青年受了伤,手持火把,也跑过来,跑到舞台中间,倒地而死。

鲁迅急忙过来扶他。

看那青年没有再活转来的希望了。

鲁迅就从青年的手里把火把接过来,向前走去。

舞台渐暗下去。

舞台再亮起来,映出广州的城垣,城上发出很大的火焰向天空照耀着。

鲁迅从大路上，手执火把向城垣走去。（此处不演也可以）

幕慢慢落下。

附记：

火光可以用下列做法，用原纸板做成城垣型，上面缀以纸条，下面用鼓风机或风扇，或者利用过堂风使纸条向上飞舞，下边用红光灯一照，远看去，就像火的样子。

第四幕　人物

鲁　迅

卖书小贩

朋　友

外国朋友

开电梯人

德国领事馆人

僵尸少爷

买书青年群

第四幕　剧情

鲁迅先生到上海以后的工作更严重了。鲁迅先生不但向国内呐喊，而是向着世界大声疾呼起来。

一九三〇年的二月，鲁迅先生加入自由大同盟。

一九三三年的一月，鲁迅先生加入民权保障大同盟。

同年五月十三日，鲁迅先生亲至德国领事馆为法西斯底暴行递抗议书。

"九一八"和"一二八"的时候，鲁迅先生写了《伪自由书》，坚决地指出了中国的命运。

在抗战的前一年，鲁迅先生为过度的工作夺去他的生命，他没能亲眼看到中国是怎样的搬动起来，可是远在一九二三年，鲁迅先生就预言过，说过这样的话：

"可惜中国太难改变了，即便搬动一张桌子，改装一个火炉，几乎也要血，而且即便有了血，也未必一定能搬动，能改装。不是很大的鞭子打在背上，中国人自己是不肯动弹的，我想这鞭子总要来，好坏是别一问题，然而总要打到的……"现在这鞭子未出所料的是打来了，而且也未出所料的中国是动弹了。

综括鲁迅先生一生的工作，鲁迅先生纪念委员会主席蔡元培先生和副主席孙夫人说的："承清季朴学之绪余，奠现代文坛之础石。"又说鲁迅先生的全部工作可"唤醒国魂，砥励士气"，是很正确的评论。

一九三六年十月十九日上午五时二十五分，鲁迅先生逝世，享年五十六岁。

现在开演的是本剧第四幕，表现鲁迅先生在他多病的晚年，仍然忍受着商人和市侩的进攻，这种进攻从来没有和缓过，或停止过。鲁迅先生的一生，就在这种境遇之下过去的。但是在他倒在了地上，在他殡葬的时候，却有千万的群众追随着他，继承着他，并且亲手在先生的棺上献奉了一面旗子，上面题着"民族魂"。

一九三三年二月十七日，鲁迅先生在一个朋友的私宅欢迎外国朋友。

（鲁迅先生递抗议书和欢迎外国朋友，在时间的顺序上是倒置了，这是为了戏剧效果而这样处理的，请诸位注意并且予以原谅。作者特别声明。）

第四幕　表演

舞台开幕后，背景是一片大白纸，有一边堆着一个四方形的包书纸的大包，白纸的下边还躺着一个白色僵尸。其它什么也没有。

大白纸幕中间偏右画着希特勒法西斯暴行的一张不太大的画。

幕开后哑场片刻。舞台上出现有很大的横旗帜，上面写着"自由大同盟"五个字，缓缓前进。纸幕上映出群众行列的影子。哑场片刻。

鲁迅手持对法西斯暴行的抗议书，将纸壁上的法西斯暴行的画面用手猛烈一扯，扯落地上。

舞台一端风起，将纸吹走。

画面扯去纸壁成一方洞，里面露一希特勒式的人头。方洞上面写着德国领事馆字样。

鲁迅把抗议书交给那个人。

纸壁上方洞已闭，什么也没有了。

大风吹舞鲁迅挟衣而下。哑声片刻。

那个白纸箱撞破了，钻出一个卖书小贩和几十本书。书特别大，比真书要大两倍以上。小贩戴鸭舌帽，窄短衣，长裤。肩上挂着一个大口袋是装钱的，里边钱已满了，钱票子就洒出来了。

用鸭舌帽擦脸上汗水。取出笔来，在白幕上写了八个大字："零割出让，价钱公道。"

写完了，想想，又写了"大文豪"三个大字。想想又写了"快快买啊"四个字。这两行是交叉形的歪斜的写着的，接续在八个字的底下。

小贩清理好摊子，正式的出卖鲁迅的作品，大展买卖伎俩。小贩高兴过度，跌在白色的僵尸上，僵尸坐起但动作直强，仍是僵尸的动作。

僵尸是个老爷模样的人，戴着礼帽，穿着黑色马褂，两袖袖口很瘦，褪色袍子，戴石墨眼镜，留着中国的胡子，足上穿着布底鞋子，从东边用八字步走到舞台中央。

一个洋场少爷，穿着毕挺的西装，皮鞋，分发，从西边踌躇志满的走上来，和绅士热烈的握手。

小贩看见买主来了，向他们兜售。老爷非常鄙夷，不要买。少爷也非常鄙夷，不要买。小贩虽然失望，但仍力辩这书值得一买。少爷看这书还没有他口袋里的那本书好，他从身上掏出一本来，书皮上画着一个三角，一颗红色的心上穿着一颗箭。

小贩用笔在纸幕"大文豪"三字上加一"伟"字。

老爷和少爷看了仍不起劲，仍然不买。小贩擦汗，诅咒，为自己的生意而生气。

老爷表示书中那一套没什么道理，还不如他肚子里的那一套。少爷表示书中那一套没什么道理，还不如他肚子里的那一套。小贩追问他们那一套是什么呢？少爷主张表演给他们看，老爷认为没有必要。少爷认为那样要被轻视。老爷想演演又何妨。于是两人演了一套双簧。

不一会儿死人捉住了活人。

老爷在前，少爷在后，站了一会，老爷在后，少爷在前。又站了一会，研究了半天，揖让了半天，决定少爷在前，老爷在后。这时两人贴着站着，舞台上只见少爷，不见老爷。老爷把自己的帽子取下，戴在少爷的头上。

这时少爷用手臂向后伸出，将两臂勾在老爷身上。老爷把两手伸到前面成了少爷的左右手。两个人合为一人，青年人用老年人的手行动。两个人成为一个人了，但是一举手一投足之间，都感到非常和谐，俨如一人。

他们按照下面的进程表演：用手搔头，托腮，打自己嘴巴，挖嘴唇。用手弹头顶,擦鼻子尖上的汗。用手挖眼屎,耳腔。从口袋里取出小镜子,东照照,西照照,顾盼自如。从口袋里取出牙签剔牙。从口袋里取出长烟管来吸,取出火柴来划。从口袋里取出电话号码做出打电话的样子。从口袋里取出酒杯酒瓶来饮酒,颇为自得。忽然从一边传来一道强烈的光线,晃花了他的眼,他把眼用手遮起来向外看……他看见了什么,吓了一大跳,酒杯酒瓶迸然落地。

他俩分开了,各自狼狈遁去。

青年数人来买鲁迅的作品。有的围着翻看,小贩劈手夺之,令其出钱,才可以买。

小贩手里拿着一两本书,夸着说好,伸手与人讲价,青年围拢得更多了,他更起劲。

一个青年肋下各挟一只面包,两手拱着,口里正吃一块面包。吃完了面包,肋下各挟着本鲁迅作品,眼前摊着一本,边走边看,下。

四个青年联合来偷书,自第一个从胯下传给第二个,再传给第三个。到第四个手中转身扬长而去。

青年手抱了很多鲁迅的作品,一个个走了。

舞台另外一边,一个旅馆伙计,正穿着卖巧克力糖的服装,摊开纸片的原来刺开的一个方格子的门洞走出,用笔写着电梯两个字,又按着可以开关的格子大小画成电梯的门。

伙计站在门口,一个大块头和一个漂亮小姐都来这儿乘电梯。

伙计伺候他们非常周到。

一个送报的来乘电梯,挥之使去。

鲁迅由舞台另一端走来,看了卖书的一眼,小贩看他买不起,转过脸去,不搭理他。

鲁迅来赶乘电梯,伙计看他穿着不好,连忙把"此梯奉令停止"的牌子挂出来,挥手让他往后门侍役通行的地方走上去。看他走过去,又笑嘻嘻地把牌子摘下来。

小贩一会儿工夫已经把书卖完,正在数点钱票子。

鲁迅和一个外国朋友从电梯里并肩走下来。开电梯的还是那个伙计,看了大惭。

小贩把钱藏起,用手扯掉白纸幕,然后来乘电梯。伙计看他来,用手也一把将电梯扯掉。这时小贩扯掉白纸幕表示收摊了,开电梯的人也帮着扯,电梯也收了。二人下场。

白色纸幕扯掉后,里面露出一个很大的花园。园门上写着"博爱"两个大字。后面立着一个很大的很高的微笑的萧伯纳的全身像。应该用薄木板或原马粪纸作。另一边是高尔基把大钢笔像投枪似的举起的像,比萧站得远一点儿。

哑场片刻。有青年八人,穿着有的像学生,有的像工人,有的像农夫,有的像商人,还有的像兵士,也有妇女,左手夹着鲁迅先生的作品,右手执旗,旗上面写着:(一)"全国一致对日";(二)"血债必须用同物偿还";(三)"抗日反对汉奸";(四)"设法增长国民的实力,永远这样干下去";(五)"不怕的人前面才有路";(六)"一面清结内账,一面开辟新路";(七)"共同拒抗,改革,奋斗三十年,不够再一代二代……";(八)"在这可诅咒的地方,击退了可诅咒的时代"(标语都是由鲁迅先生作品里摘录下来的)。青年们在园门前绕行三周。

有白鸽四五只飞起。

花瓣飞舞的落下来。

鲁迅和他的朋友从园子里缓缓的走过去。

舞台上映照出鲁迅伟大的背影,久久不动。

灯光渐渐低下去。舞台上现出一面红绒黑字的大旗,上面写着"民族魂"三个大字。

旗一直在光辉着。幕渐渐地落下去了。

附录:

鲁迅先生一生所涉至广,想用一个戏剧的形式来描写是很困难一件事,尤其用不能讲话的哑剧。

所以这里我取的处理的态度,是用鲁迅先生的冷静,沉定,来和他周遭世界的鬼祟跳嚣作个对比。

这里也许只做了个简单的象征,为了演出者不能用口来传达,只能做手语,所以这形式就决定了内容,这是要请读者或观者诸君原谅的。

为了演出的方便,在舞台设备不充分的地方有许多地方可以略去不演,作者已在脚本上分别注出。

至于道具和布景,可以从简,不必按照脚本上那样繁复。

第一幕押当的柜台可用布或纸糊成皆可。下马石可用碎布或纸片缀成。抱柱用纸糊成,如在野地上演出,地上可乱置稻草,人物可由草下钻出,这种出场方法,是借重了闹剧的手法,使观众不至瞌睡而已。

第二幕试验仪器用品,试验管可用苇管扎成,下置普通的大茶杯玻璃瓶就可以了。地毯就用一块灰布就行了。

幻灯如不能借到,可用白纸绘以漫画代之,在开幕时用和背景同色的布幔遮住,旋将布幔拉起,露出绘画即变成另外一画了,如在灯光方便的地方，同时在画显现时映之，效果和幻灯是一样的。

第三幕的电梯，在白纸背后用黑色厚纸片或木片扎成井字格的有普通电梯门一般阔的架子，上边再系上一个小型灯光，随时拉上拉下。载人时，放上一个黑色人影，在纸幕外面来看，便和电梯相似。如在露天演出便用墨笔在白纸上画出格子来即可。

电梯格子拿下时便可做花园的门。萧伯纳、高尔基像可以布幕绘之或省去。

第四幕死人捉住了活人那一大段从出场至落场皆可省去不演。

书信

致萧军

（1936年7月18日在从上海赴日本的船上写给上海的萧军）

君先生：

海上的颜色已经变成黑蓝了，我站在船尾，我望着海，我想，这若是我一个人怎敢渡过这样的大海！

这是黄昏以后我才给你写信，舱底的空气并不好，所以船开没有多久我时时就好像要呕吐，虽然吃了多量的胃粉。

现在船停在长崎了，我打算下去玩玩。昨天的信并没写完就停下了。

到东京再写信吧！祝好！

莹　七月十八日

源先生好！

（1936年7月21日从日本东京发往上海）

均：

你的身体这几天怎么样？吃得舒服吗？睡得也好？当我搬房子的时候，我想：你没有来，假若你也来，你一定看到这样的席子就要先在上面打一个滚，是很好的，像住在画的房子里面似的。

你来信寄到许的地方就好，因为她的房东熟一些。

海滨，许不去，以后再看，或者我自己去。

一张桌是（和）一个椅子都是借的，屋子里面也很规整，只是感到寂寞了一点，总有点好像少了一点什么！住下几天就好了。

外面我听到蝉叫，听到踏踏的奇怪的鞋声，不想写了！也许她们快来叫我出去吃饭的时候了！

你的药不要忘记吃，饭少吃些，可以到游泳池去游泳两次，假若身体太弱，到海上去游泳更不能够了。祝好！

别的朋友也都祝好！

莹　七月二十一日

（1936年7月26日从日本东京发往上海）

均：

　　现在我很难过，很想哭。想要写信，钢笔里面的墨水没有了，可是怎样也装不进来，抽进来的墨水一压又随着压出来了。

　　华起来就到图书馆去了，我本来也可以去，我留在家里想写一点什么，但哪里写得下去，因为我听不到你那登登上楼的声音了。

　　这里的天气也算很热，并且讲一句话的人也没有，看的书也没有，报也没有，心情非常坏，想到街上去走走，路又不认识，话也不会讲。

　　昨天到神保町的书铺去了一次，但那书铺好像与我一点关系也没有，这里太生疏了，满街响着木屐的声音，我一点也听不惯这声音。这样一天一天的我不晓得怎样过下去，真是好像充军西伯利亚一样。

　　比我们起初来到上海的时候更感到无聊，也许慢慢的就好了。但这要一个长的时间，怕是我忍耐不了。不知道你现在准备要走了没有？我已经来了五六天了，不知为什么你还没有信来？

　　珂已经在十六号起身回去了。

　　不写了，我要出去吃饭，或者乱走走。

　　　　　　　　　　　　　　　　　　吟上　七月廿六十时半

(1936年8月14日从日本东京发往青岛)

均:

接到你四号写的信现在也过好几天了,这信看过后,我倒很放心,因为你快乐,并且样子也健康。

稿子我已经发出去三篇,一篇小说,两篇不成形的短文。现在又要来一篇短文,这些完了之后,就不来这零碎,要来长的了。

现在十四号,你一定也开始工作了几天了吧?

鸡子你遵命了,我很高兴。

你以为我在混光阴吗?一年已经混过一个月。

我也不用羡慕你,明年阿拉自己也到青岛去享清福。我把你遣到日本岛上来——

莹 八月十四日

异　国

夜间：这窗外的树声，
　　　听来好像家乡田野上抖动着的高粱，
　　　但，这不是，
　　　这是异国了。
　　　踏踏的木屐声音有时潮水一般了。
日里：这青蓝的天空，
　　　好像家乡六月里广茫的原野，
　　　但，这不是，
　　　这是异国了。
　　　这异国的蝉鸣也好像更响了一些。

（1936年8月17日从日本东京发往青岛）

均：

　　今天我才是第一次自己出去走个远路，其实我看也不过三五里，但也算了，去的是神保町，那地方的书局很多，也很热闹，但自己走起来也总觉得没什么趣味，想买点什么，也没有买，又沿路走回来了。觉得很生疏，街路和风景都不同，但有黑色的河，那和徐家汇一样，上面是有破船的，船上也有女人、孩子，也是穿着破烂衣裳。并且那黑水的气味也一样。像这样的河巴黎也会有！

　　你的小伤风既然伤了许多日子也应该管它，吃点阿司匹林吧！一吃就好。

　　现在我庄严地告诉你一件事情，在你看到之后一定要在回信上写明！就是第一件你要买个软枕头，看过我的信就去买！硬枕头使脑神经很坏。你若不买，来信也告诉我一声，我在这边买两个给你寄去，不贵，并且很软。第二件你要买一张当作被子来用的有毛的那种单子，就像我带来那样的，不过更该厚点。你若懒得买，来信也告诉我，也为你寄去。还有，不要忘了夜里不要（吃）东西。没有了。以上这就是所有这封信上的重要事情。

　　照相机现在你也有用了，再寄一些照片来。我在这里多少有点苦寂，不过也没什么，多写些东西也就添补起来了。

旧地重游是很有趣的，并且有那样可爱的海！你现在一定洗海澡去了好几次了？但怕你没有脱衣裳的房子。

你再来信说你这样好那样好，我可说不定也去，我的稿费也可以够了。你怕不怕？我是和（你）开玩笑，也许是假玩笑。

你随手有什么我没看过的书也寄一本两本来！实在没有书读，越寂寞就越想读书，一天到晚不说话，再加上一天到晚也不看一个字，我觉得很残忍，又像我从（前）在旅馆一个人住着的那个样子。但有钱，有钱除掉吃饭也买不到别的趣味。

祝好。

萧上　八月十七日

（1936年8月22日从日本东京发往青岛）

军：

现在正和你所说的相反，烟也不吃了，房间也整整齐齐的。但今天却又吃上了半支烟，天又下雨，你又总也不来信，又加上华要回去了！又加上近几天整天发烧，也怕是肺病的样子，但自己晓得，绝不是肺病。可是又为什么发烧呢？烧得骨节都酸了！本来刚到这里不久夜里就开始不舒服，口干、胃涨……近来才晓是又有热度的关系，明天也许跟华到她的朋友地方去，因为那个朋友是个女医学生，让她带我到医生的地方去检查一下，很便宜，两元钱即可。不然华几天走了，我自己去看医生是不行的，连华也不行，医学上的话她也不会说，大概你还不知道，黄的父亲病重，经济不够了，所以她必得回去。大概二十七号起身。

她走了之后，他妈的，再就没有熟人了，虽然和她同住的那位女士倒很好，但她的父亲来了，父女都生病，住到很远的朋友家去了。

假若精神和身体稍微好一点，我总就要工作的，因为除了工作再没有别的事情可做。可是今天是坏之极，好像中暑似的，疲乏，头痛和不能支持。

不写了,心脏过量的跳,全身的血液在冲击着。

祝好!

吟　八月廿二日夜雨时

你还是买一部唐诗给我寄来。

(1936年8月27日从日本东京发往青岛)

均:

　　我和房东的孩子很熟了,那孩子很可爱,黑的,好看的大眼睛,只有五岁的样子,但能教我单字了。

　　这里的蚊子非常大,几乎使我从来没有见过。

　　那回在游泳池里,我手上受的那块小伤,到现在还没有好。肿一小块,一触即痛。现在我每日二食,早食一毛钱,晚食两毛或一毛五,中午吃面包或饼干。或者以后我还要吃得好点,不过,我一个人连吃也不想吃,玩也不想玩,花钱也不愿花。你看,这里的任何公园我还没有去过一个,银座大概是漂亮的地方,我也没有去过,等着吧,将来日语学好了再到处去走走。

　　你说我快乐的玩吧!但那只有你,我就不行了,我只有工作、睡觉、吃饭,这样是好的,我希望我的工作多一点。但也觉得不好,这并不是正常的生活,有点类似放逐,有点类似隐居。你说不是吗?若把我这种生活换给别人,那不是天国了吗?其实在我也和天国差不多了。

　　你近来怎么样呢?信很少,海水还是那样蓝么?透明吗?浪大吗?劳山也倒真好?问得太多了。

　　可是,六号的信,我接到即回你,怎么你还没有接到?这文章没有写出,信倒写了这许多。但你,除掉你刚到青岛的一封信,后来十六号的一封,再就没有了,今天已经是二十六日。我来在这里一个月零六天了。

现在放下,明天想起什么来再写。

今天同时接到你从劳山回来的两封信,想不到那小照相机还照得这样好!真清楚极了,什么全看得清,就等于我也逛了劳山一样。

说真话,逛劳山没有我同去,你想不到吗?

那大张的单人相,我倒不敢佩服,你看那大眼睛,大得我从来都没有看见过。

两片红叶子已经干干的了,我记得我初认识你的时候,你也是弄了两张叶子给我,但记不得那是什么叶子了。

孟有信来,并有两本《作家》来。他这样好改字换句的,也真是个毛病。

"瓶子很大,是朱色,调配起来,也很新鲜,只是……"这"只是"是什么意思呢?我不懂。

花皮球走气,这真是很可笑,你一定又是把它压坏的。

还有可笑的,怎么你也变了主意呢?你是根据什么呢?那么说,我把写作放在第一位始终是对的。

我也没有胖也没有瘦,在洗澡的地方天天过磅。

对了,今天整整是二十七号,一个月零七天了。

西瓜不好那样多吃,一气吃完是不好的,放下一会再吃。

你说我滚回去,你想我了吗?我可不想你呢,我要在日本住十年。

我没有给淑奇去信,因为我把她的地址忘了,商铺街十号还是十五号?还是内十五号呢?正想问你,下一信里告诉我吧!

那么周走了之后，我再给你信，就不要写周转了？

我本打算在二十五号之前再有一个短篇产生，但是没能够，现在要开始一个三万字的短篇了。给《作家》十月号。完了就是童话了。我这样童话来，童话去的，将来写不出，可应该觉得不好意思了。

东亚还不开学，只会说几个单字，成句的话，不会。房东还不错，总算比中国房东好。

你等着吧！说不定那一个月，或那一天，我可真要滚回去的。到那时候，我就说你让我回来的。

不写了。

吟　八月廿七晚七时

祝好。

你的信封上带一个小花我可很喜欢，起初我是用手去揪的。

东京趣町区富士见町，二丁目九一五中村方

（1936年8月30日从日本东京发往青岛）

均：

二十多天感到困难的呼吸，只有昨夜是平静的，所以今天大大的欢喜，打算要写满十页稿纸。

别的没有什么可告诉的了。

腿肚上被蚊虫咬了个大包。

莹　八月三十晚

(1936年8月31日从日本东京发往青岛)

均:

不得了了!已经打破了记录,今已超出了十页稿纸。我感到了大欢喜。但,正在我写这信,外边是大风雨,电灯已经忽明忽暗了几次。我来了一个奇怪的幻想,是不是会地震呢?三万字已经有了二十六页了。不会震掉吧!这真是幼稚的思想。但,说真话,心上总有点不平静,也许是因为"你"不在旁边?

电灯又灭了一次。外面的雷声好像劈裂着什么似的!……我立刻想起了一个新的题材。

从前我对着这雷声,并没有什么感觉,现在不然了,它们都会随时波动着我的灵魂。

灵魂太细微的人同时也一定渺小,所以我并不崇敬我自己。我崇敬粗大的、宽宏的!……

我的表已经十点一刻了,不知你那里是不是也有大风雨?

电灯又灭了一次。

只得问一声晚安放下笔了。

吟 三十一日夜 八月

(1936年9月2日从日本东京发往青岛)

均：

这样剧烈的肚痛，三年前有过，可是今天又来了这么一次，从早十点痛到两点。虽然是四个钟头，全身就发抖了。洛定片，不好用，吃了四片毫没有用。

稿子到了四十页，现在只得停下，若不然，今天就是五十页，现在也许因为一心一意的缘故，创作得很快，有趣味。

每天我总是十二点或一点睡觉，出息得很，小海豹也不是小海豹了，非常精神，早睡，睡不着反而乱想一些更不好。不用说，早晨起得还是早的。肚子还是痛，我就在这机会上给你写信，或者凡拉蒙吃下去会好一点，但，这回没有人给买了。

这稿既然长，抄起来一定错字不少，这回得特别加小心。

不多写了。我给你写的信也太多。

祝好。

吟　九月二日

肚子好了。二日五时。

(1936年9月4日从日本东京发往青岛)

三郎：

五十一页就算完了。自己觉得写得不错，所以很高兴。孟写信来说："可不要和《作家》疏远啊！"这回大概不会说了。

你怎么总也不写信呢？我写五次你才写一次。

肚痛好了。发烧还是发。

我自己觉得满足，一个半月的工夫写了三万字。

补习学校还没有开学。这里又热了几天。今天很凉爽。一开学，我就要上学的，生活太单纯，与精神方面不很好。

昨天我出去，看到一个穿中国衣裳的中国女人，在街上喊住了一个汽车，她拿了一个纸条给了车夫，但没拉她。街上的人都看着她笑，她也一定和我似的是个新飞来的鸟。

到现在，我自己没坐过任何一种车子，走也只走过神保町。

冰淇淋吃得顶少，因为不愿意吃。西瓜还吃，也不如你吃得多。也是不愿意吃。影戏一共看过三次。任何公园没有去过。一天廿四小时三顿饭，一觉，除此即是在椅子上坐着。但也快活。

祝好。

吟　九，四

(1936年9月6日从日本东京发往青岛)

均：

你总是用那样使我有点感动的称呼叫着我。

但我不是迟疑，我不回去的，既然来了，并且来的时候是打算住到一年，现在还是照着做，学校开学，我就要上学的。

但身体不大好，将来或者治一治。那天的肚痛，到现在还不大好。你是很健康的了，多么黑！好像个体育棒子。不然也像一匹小马！你健壮我是第一高兴的。

黎的刊物怎么样，没有人告诉我。

黄来信说《十年》一册也要写稿，说你答应了吗？但那东西是个什么呢？

上海那三个孩子怎么样？

你没有请王关石吃一顿饭？

我想起王关石，我就想起你打他的那块石头！袁泰见过？还有那个张？

唐诗我是要看的，快请寄来！精神上的粮食太缺乏！所以也会有病！

不多写了！明年见吧！

莹　九月六

（1936年9月9日从日本东京发往青岛）

三郎：

稿子既已交出，这两天没有事做，所以做了一张小手帕，送给你吧！

《八》既已五版，但没有印花的。销路总算不错。现在你在写什么？

劳山我也不想去，不过开个玩笑就是了，吓你一跳，我腿细不细的，你也就不用骂！

临别时，我不让你写信，是指的罗哩罗唆的信。

黄来信，说有书寄来，但等了三天，还不到。《江上》也有，《商市街》也有，还有《译文》之类。我是渴想着书的，一天二十四小时，既不烧饭，又不谈天，所以一休息下来就觉得天长得很。你靠着电柱读的是什么书呢？普通一类，都可以寄来的，并不用挂号，太费钱，丢是不常丢的。唐诗也快寄来，读读何妨？我就是怎样一个庄严的人，也不至于每天每月庄严到底呀！尤其是诗，读一读就像唱歌似的，情感方面也娱乐一下，不然，这不和白痴过的生活一样吗？写当然我是写的，但一个人若让他一点点也不间断下来，总是想和写，我想是办不到，用功是该用功的，但也要有一点娱乐，不然就像住姑子庵了，所以说来说去，唐诗还是快点寄来。

胃还是坏，程度又好像深了一些，饮食我是非常注意，但还不好，总是一天要痛几回。可是回去，我是不回去，来一次不容易，一定要把日文学到可以看书的时候，才回去，这里书真是多得很，住上一年，不用功也差不了。黄来信，说你十月底回上海，那末北平不去了吗？

祝好！

莹　九月九日

东亚补习学校，昨天我又跑去看了一次，但看不懂，那招生的广告我到底不知道是招的什么生，过两天再去看。

（1936年9月10日从日本东京发往青岛）

三郎：

　　我也给你画张图看看，但这是全屋的半面。我的全屋就是六张席子。你的那图，别的我倒没有什么，只是那两个小西瓜，非常可爱，你怎么也把它们两个画上了呢？假如有我，我就不是把它吃掉了吗？

　　尽胡说，修炼什么？没有什么好修炼的。一年之后，才可看书。

　　今天早晨，发了一信，但不到下午就有书来，也有信来。唐诗，读两首也倒觉不出什么好，别的夜来读。

　　如若在日本住上一年，我想一定没什么长进，死水似的过一年。我也许过不到一年或几个月就不在这里了。

　　日文我是不大喜欢学，想学俄文，但日语是要学的。

　　以上是昨天写的。

　　今天我去交了学费，买了书，十四号上课，十二点四十分起，四个钟头止，多是相当多，课本就有五六本。全是中国人，那个学校就是给中国人预备的。可不知珂来了没有？

　　三个月连书在一起二十一二块钱，本来五号就开课了，但我是错过了的。

现在我打算给奇她们写信,所以不多写了。

祝好。

吟　九月十日

（1936年9月12日从日本东京发往青岛）

均：

今晨刑事来过，使我上了一点火，喉咙很痛，麻烦得很，因此我不知住到什么时候就要走的。情感方面很不痛快，又非到我的房间不可，说东说西的。早晨本来我没有起来，房东说要谈就在下面谈吧，但不肯，非到我的房间不可，不知以后还来不来。若再来，我就要走。

华同住的朋友，要到市外去住了，从此连一个认识的人也没有。我想这也倒不要紧，我好久未创作，但，又因此不安起来，使我对这个地方的厌倦更加上厌倦。

他妈的，这年头……

我主要的目的是创作，妨害——它是不行的。

本来我很高兴，后天就去上课，但今天这种感觉，使我的心情特别坏。忍耐一个时期再看吧！但青岛我不去，不必等我，你要走尽管走。

你寄来的书，通通读完了。

他妈的，混帐王八蛋。

祝好。

吟　九月十二日

均：

刚才写的信，忘记告诉你了，你给奇写信，告诉她，不要把信寄给我。你转好了。

你的信封面也不要写地址。

(1936年9月14日从日本东京发往青岛)

均：

你的照片像个小偷。你的信也是两封一齐到。（七日九日两封）

你开口就说我混帐东西，好，你真不佩服我？十天写了五十七页稿纸。

你既然不再北去，那也很好，一个人本来也没有更多的趣味。牛奶我没有吃，力弗肝也没有买，因为不知道外国名字，又不知道卖西洋药的药房，这里对于西洋货排斥得很，不容易买到。肚子痛打止痛针也是不行，一句话不会说，并且这里的医生要钱很多。我想买一瓶凡拉蒙预备着下次肚痛，但不知到哪里去买，想问问是无人可问的。

秋天的衣裳，没有买，这里的天气还一点用不着。

我临走时说要给你买一件皮外套的，回上海后，你就要替我买给你自己。四十元左右。我的一些零碎的收入，不要他们寄来，直接你去取好了。

心情又闹坏了，睡觉也不好起来，想来想去。他妈的，再来麻烦，我可就不受了。我给萧乾的文章，黄也一并交给黎了，你将来见到萧时，说一声对不住。

关于信封，你就一连串写下来好了，不必加点号。

荣子　九月十四日

（1936年9月17日从日本东京发往青岛）

均：

　　近来我的身体很不健康，我想你也晓得，说不定哪天就要回去的，所以暂且不要有来信。

　　房东既不会讲话，丢掉了不大好。我是时时给你写信的。我还很爱这里，假若可能我还要住到一年。

　　你若来信，报报平安也未尝不可。

小鹅　九月十七日

(1936年9月19日从日本东京发往青岛)

均：

前一封信，我怕你不懂，健康二字非作本意来解。

学校我每天去上课，现在我一面喝牛奶一面写信给你，你十三和十四发来的信，一齐接到，这次的信非常快，只要四五天。

我的房东很好，她还常常送我一些礼物，比方方糖、花生、饼干、苹果、葡萄之类，还有一盆花，就摆在窗台上。我给你的书签谢也不谢，真可恶！以后什么也不给你。

我告诉你，我的期限是一个月，童话终了为止，也就是十月十五前。来信尽管写些家常话。医生我是不能去看的，你将来问华就知道这边的情形了。

上海常常有刊物寄来，现在我已经不再要了。这一个月，什么事也不管，只要努力童话。

小花叶我把它放到箱子里去。

祝好。

小鹅　九月十九日

(1936年9月21日从日本东京发往青岛)

均：

昨天和今天都是下雨，我上课回来是遇着毛毛雨，所以淋得不很湿。现在我有雨鞋了，但，是男人的样子，所以走在街上有许多人笑，这个地方就是如此守旧的地方，假若衣裳你不和她穿得同样，谁都要笑你，日本女人穿西装，罗里罗嗦，但你也必得和她一样罗嗦，假若整齐一些，或是她们没有见过的，人们就要笑。

上课的时间真是够多的，整个下半天就为着日语消费了去。今天上到第三堂的时候，我的胃就很痛，勉强支持过来了。

这几天很凉了，我买了一件小毛衣（二元五），将来再冷，我就把大毛衣穿上。我想我的衣裳一定可以支持到下月半。

我很爱夜，这里的夜，非常沉静，每夜我要醒几次的，每醒来总是立刻又昏昏的睡去，特别安静，又特别舒适。早晨也是好的，阳光还没晒到我的窗上，我就起来了，想想什么，或是吃点什么。这三两天之内，我的心又安然下来了。什么人什么命，吓了一下，不在乎。

孟有信来，说我回去吧！在这住有什么意思呢？

现在我一个人搭了几次高架电车，很快，并且还钻洞，我觉得很好玩，不是说好玩，而说有意思。因为你说过，女人这个也好玩那个也好玩。上回把我丢了，因为不到站我就下来了，走出了车站看看不对，那么往哪里走呢？我自己也不知道，瞎走吧，反正我记住了我的地址。可笑的是华在的时候，告诉我空中飞着的大气球是什么商店的广告，那商店就离学校不远，我一看到那大球，就奔着去了，于是总算没有丢。

虹没有信来，你告诉他也不要来信了，别人也告诉不要来信了。

这是你在青岛我给你的末一封信。再写信就是上海了。船上买一点水果带着，但不要吃鸡子，那东西不消化。饼干是可以带的。

祝好。

小鹅　九月二十一日

(1936年9月22日从日本东京发往青岛)

均：

　　昨天下午接到你两封信。看了好几遍，本来前一信我说不再往青岛去信了，可是又不能不写了。既接到信，也总是想回的，不管有事没有事。

　　今天放假，日本的什么节。

　　《第三代》居然间上一部快完了，真是能耐不小！大概我写信时就已经完了。

　　小东西，你还认得那是你裤子上剩下来的绸子？

　　坏得很，跟外国孩子去骂嘴！

　　水果我还是不常吃，因为不喜欢。

　　因为下雨所以你想我了，我也有些想你呢！这里也是两三天没有晴天。

　　不写了。

莹　九月廿二日

（1936年10月13日从日本东京发往上海）

均：

我不回去了，来回乱跑，罗罗唆唆，想来想去，还是住下去吧！若真不得已那是没有法子。不过现在很平安。

近一个月来，又是空过的，日子过得不算舒服。

奇他们很好？小奇赶上小明那样可爱不？一晃三年不见他们了。奇一定是关于我问来问去罢？你没问俄文先生怎么样？他们今后打算住在什么地方呢？他们的经济情况如何？

天冷了，秋雨整天的下了，钱也快完了。请寄来一些吧！还有三十多元在手中，等钱到我才去买外套，月底我想一定会到的。

你的精神为了旅行很快活吧？

我已写信给孟，若你不在就请他寄来。

我很好。在电影上我看到了北四川路，我也看到了施高塔路，一刻我的心是忐忑不安的。我想到了病老而且又在奔波里的人了。

祝好。

              吟　十月十三日

（1936年10月20日从日本东京发往上海）

均：

我这里很平安，绝对不回去了。胃病已好了大半，头痛的次数也减少。至于意外我想是不会有的了。因为我的生活非常简单，每天的出入是有次数的，大概被"跟"了些日子，后来也就不跟了。本来在未来这里之前也就想到了这层，现在依然是照着初来的意思，住到明年。

现在我的钱用到不够二十元了，觉得没有浪费，但用的也不算少数。希望月底把钱寄来，在国外没有归国的路费在手里是觉得没有把握的，而且没有熟人。

今天少上了一课，一进门就在席子上面躺着一封信，起初我以为是珂来的，因为你的字真是有点像珂。此句我懂了。（但你的文法，我是不大明白的："同来的有之明，奇现在天津，暂时不来。"我照原句抄下的。你看看吧。"以上我懂了。"）

六元钱买了一套洋装，毛线的。还买了草褥，五元。我的房间收拾得非常整齐，好像等待着客人的到来一样。草褥折起来当作沙发，还有一个小圆桌，桌上还站着一瓶红色的酒。酒瓶下面站着一对金酒杯。大概在一个地方住得久了一点，也总是开心些的，因为我感觉到我的心情好像开始要管到一些在我身外的装点，虽然房间里边挂起一张小画片来，不算什么，是平常的，但，那须要多么大的热情来做这一点小事呢？非亲身感到的是不知道。我刚来的时候，就是前半个月吧，我也没有这样的要求。

日语教得非常多，大概要通通记得住非整天的工夫不可，我是不肯，而且我的时间也不够用。总是好坐下来想想。

报上说是 L 来这里了？……

我去洗澡去，不写了。

明。我在这里和你握手了。

吟 十月廿日

(1936年10月21日从日本东京发往上海)

均：

昨天发的信，但现在一空下来就又想写点了。你们找的房子在哪里？多么大？好不好？这些问题虽然现在是和我无关了，但总禁不住要想。真是不巧，若不然我们和明他们在一起住上几个日子。

明，他也可以给我写点关于他新生活的愿望吗？因为我什么也不知道。小奇什么样？好教人喜欢的孩子吗？均，你是什么都看到了，我是什么也没看到。

均，你看我什么时候总好欠个小账，昨天在夜市的一个小摊子上欠了六分钱，写完了这一页纸就要去还的。

前些日子我还买了一本画册打算送给L。但现在这画只得留着自己来看了。我是非常爱这画册，若不然我想寄给你，但你也一定不怎么喜欢，所以这念头就打消了。

下了三天昼夜没有断的小雨，今天晴了，心情也新鲜了一些。

小沙发对于我简直是一个客人，在我的生活上简直是一件重大的事情，它给我减去了不少的孤独之感。总是坐在墙角在陪着我。

奇什么时候南来呢？

祝好。

吟　十月廿一日

（1936年10月24日从日本东京发往上海）

军：

关于周先生的死，二十一日的报上，我就渺渺茫茫知道一点，但我不相信自己是对的，我跑去问了那唯一的熟人，她说："你是不懂日本文的，你看错了。"我很希望我是看错，所以很安心的回来了，虽然去的时候是流着眼泪。

昨夜，我是不能不哭了。我看到一张中国报上清清楚楚登着他的照片，而且是那么痛苦的一刻。可惜我的哭声不能和你们的哭声混在一道。

现在他已经是离开我们五天了，不知现在他睡到哪里去了？虽然在三个月前向他告别的时候，他是坐在藤椅上，而且说："每到码头，就有验病的上来，不要怕，中国人就专会吓唬中国人，茶房就会说：验病的来啦！来啦！……"

我等着你的信来。

可怕的是许女士的悲痛，想个法子，好好安慰着她，最好是使她不要静下来，多多的和她来往。过了这一个最难忍的痛苦的初期，以后总是比开头容易平伏下来。还有那孩子，我真不能够想象了。我想一步踏了回来，这想象的时间，在一个完全孤独了的人是多么可怕！

最后你替我去送一个花圈或是什么。

告诉许女士：看在孩子的面上，不要太多哭。

红　十月二十四日

（1936年10月29日从日本东京发往上海）

均：

挂号信收到。四十一元二角五的汇票，明天去领。二十号给你一信，二十四又一信，大概也都收到了吧？

你的房子虽然费一点，但也不要紧，过过冬再说吧，外国人家的房子，大半不坏，冬天装起火炉来，暖烘烘的住上三两月再说，房钱虽贵，我主张你是不必再搬的，一个人，还不比两个人，若冷清清的过着冬夜，那赶上上冰山一样了。也许你不然，我就不行，我总是这么没出息，虽然是三个月不见了，但没出息还是没出息。不过回去我是不回去的。奇来了时，你和明他们在一道也很热闹了。

钱到手就要没有的，要去买件外套，这几天就很冷了。余下的钱，我想在十一月一个整月就要不够。一百元不知能弄到不能？请你下一封信回我。总要有路费留在手里才放心。

这几天，火上得不小，嘴唇又全烧破了。其实一个人的死是必然的，但知道那道理是道理，情感上就总不行。我们刚来到上海的时候，另外不认识更多的一个人了。在冷清清的亭子间里读着他的信，只有他，安慰着两个飘泊的灵魂！……写到这里鼻子就酸了。

均：童话未能开始，我也不做那计划了，太难，我的民间生活不够用的。现在开始一个两万字的，大约下月五号完毕。之后，就要来一个十万字的了，在十二月以内可以使你读到原稿。

日语懂了一些了。

日本乐器，"筝"在我的邻居家里响着。不敢说是思乡，也不敢说是思什么，但就总想哭。

什么也不再写下去了。

河清，我向你问好。

              吟　十月廿九日

（1936年11月2日从日本东京发往上海）

三郎：

廿四日的信，早接到了，汇票今天才来。

郁达夫的讲演今天听过了，会场不大，差一点没把门挤下来，我虽然是买了票的，但也和没有买票的一样，没有得到位置，是被压在了门口，还好，看人还不讨厌。

近来水果吃得很多，因为大便不通的缘故，每次大便必要流血。

东亚学校，十二月二十三日第一期终了，第二期我打算到一个私人教授的地方去读，一面是读读小说，一方面可以少费一些时间，这两个月什么也没有写，大概也许太忙了的缘故。

寄来那张译的原稿也读过了，很不错，文章刚发表就有人注意到了。

这里的天气还不算冷，房间里生了火盆，它就像一个伙伴似的陪着我。花，不买了，酒也不想喝，对于一切都不大有趣味，夜里看着窗棂和空空的四壁，对于一个年轻的有热情的人，这是绝大的残酷，但对于我还好，人到了中年总是能熬住一点火焰的。

珂要来就来吧！可能照理他的地方，照理他一点，不能的地方就让他自己找路走，至于"被迫"，我也想不出来被什么所迫。

奇她们已经安定下来了吧？两三年的工夫，就都兵荒马乱起来了，牵牛房的那些朋友们，都东流西散了。

许女士也是命苦的人，小时候就死去了父母，她读书的时候，也是勉强挣扎着读的，她为人家做过家庭教师，还在课余替人家抄写过什么纸张，她被传染了猩红热的时候是在朋友的父亲家里养好的。这可见她过去的孤零，可是现在又孤零了。孩子还小，还不能懂得母亲。既然住得很近，你可替我多跑两趟。别的朋友也可约同他们常到他家去玩，L没完成的事业，我们是接受下来了，但他的爱人，留给谁了呢？

不写了，祝好。

荣子　十一月二日

（1936年11月6日从日本东京发往上海）

均：

《第三代》写得不错，虽然没有读到多少。

《为了爱的缘故》也读过了，你真是还记得很清楚，我把那些小节都模糊了去。

不知为什么，又来了四十元的汇票，是从邮局寄来的，也许你怕上次的没有接到？

我每天还是四点的功课，自己以为日语懂了一些，但找一本书一读还是什么也不知道。还不行，大概再有两月许是将就着可以读了吧？但愿自己是这样。

奇来了没有？

你的房子还是不要搬，我的意思是如此。

在那爱……的文章里面，芹简直和幽灵差不多了，读了使自己感到了颤栗，因为自己也不认识自己了。我想我们吵嘴之类，也都是因为了那样的根源——就是为一个人的打算，还是为多数人打算。从此我可就不愿再那样妨害你了。你有你的自由了。

祝好。

            吟　十一月六日

手套我还没有寄出，因为我还要给河清买一副。

（1936年11月9日从日本东京发往上海）

均：

　　昨夜接到一信，今晨接到一信。

　　关于回忆L一类的文章，一时写不出，不是文章难作，倒是情绪方面难以处理。本来是活人，强要说他死了！一这么想就非常难过。

　　许，她还关心别人？他自己就够使人关心的了。

　　"刊物"是怎样性质呢？和《中流》差不多？为什么老胡就连文章也不常见呢？现在寄出手套两副，河清一副，你一副。

　　短篇没有写完。完时即寄出。

　　祝好。

荣子　十一月九日

(1936年11月19日从日本东京发往上海)

均:

　　因为夜里发烧,一个月来,就是嘴唇,这一块那一块的破着,精神也烦躁得很,所以一直把工作停了下来。想了些无用的和辽远的想头。文章一时寄不去。

　　买了三张画,东墙上一张,北墙上一张。一张是一男一女在长廊上相会,廊口处站着一个弹琴的女人。还有一张是关于战争的,在一个破屋子里把花瓶打碎了,因为喝了酒,军人穿着绿裤子就跳舞。我最喜欢的是第三张,一个小孩睡在檐下了,在椅子上,靠着软枕。旁边来了的大概是他的母亲,在栅栏外肩着大镰刀的大概是她的父亲。那檐下方块石头的廊道,那远处微红的晚天,那茅草的屋檐,檐下开着的格窗,那孩子双双的垂着的两条小腿。真是好,不瞒你说,因为看到了那女孩好像看到了自己似的,我小的时候就是那样,所以我很爱她。投主称王,这是要费一些心思的,但也不必太费,反正自己最重要的是工作——为大体着想,也是工作。聚合能工作一方面的,有个团体,力量可能充足,我想主要的特色是在人上,自己来罢,投什么主,谁配作主?去他妈的。说到这里,不能不伤心,我们的老将去了还不几天啊!

　　关于周先生的全集,能不能很快的集起来呢?我想中国人集中国人的文章总比日本集他的方便,这里,在十一月里他的全集就要出版,这真可佩服。我想找胡、聂、黄等诸人,立刻就商量起来。

《商市街》被人家喜欢,也很感谢。

莉有信来,孩子死了,那孩子的命不大好,活着净生病。

这里没有书看,有时候自己很生气。看看《水浒》吧!看着看着就睡着了,夜半里的头痛和噩梦对于我是非常坏。前夜就是那样醒来的,而不敢再睡了。

我的那瓶红色酒,到现在还是多半瓶,前天我偶然借了房东的锅子烧了点菜,就在火盆上烧的(对了,我还没告诉你,我已经买了火盆,前天是星期日,我来试试)。小桌子,摆好了,但吃起来不是滋味,于是反受了感触,我虽不是什么多情的人,但也有些感触,于是把房东的孩子唤来,对面吃了。

地震,真是骇人,小的没有什么,上次震得可不小,两三分钟,房子格格地响着,表在墙上摇着。天还未明,我开了灯,也被震灭了,我懵里懵中的穿着短衣裳跑下楼去,房东也起来了,他们好像要逃的样子,隔壁的老太婆叫唤着我,开着门,人却没有应声,等她看到我是在楼下,大家大笑了一场。

纸烟向来不抽了,可是近几天忽然又挂在嘴上。

胃很好,很能吃,就好像我们在顶穷的时候那样,就连块面包皮也是喜欢的,点心之类,不敢买,买了就放不下。也许因为日本饭没有油水的关系,早饭一毛钱,晚饭两毛钱,中午两片面包一瓶牛奶。越能吃,我越节制着它,我想胃病好了也就是这原因。但是闲饥难忍,这是不错的。但就把自己布置到这里了,精神上的不能忍也忍了下去,何况这一个饥呢?

又收到了五十元的汇票，不少了。你的费用也不小，再有钱就留下你用吧，明年一月末，照预算是够了的。

前些日子，总梦想着今冬要去滑冰，这里的别的东西都贵，只有滑冰鞋又好又便宜，旧货店门口，挂着的崭新的，简直看不出是旧货，鞋和刀子都好，十一元。还有八九元的也好。但滑冰场一点钟的门票五角，还离得很远，车钱不算，我合计一下，这干不得。我又打算随时买一点旧画，中国是没处买的，一方面留着带回国去，一方面围着火炉看一看，消消寂寞。

均：你是还没过过这样的生活，和蛹一样，自己被卷在茧里去了。希望固然有，目的也固然有，但是都那么远和那么大。人尽靠着远的和大的来生活是不行的，虽然生活是为着将来而不是为着现在。

窗上洒满着白月的当儿，我愿意关了灯，坐下来沉默一些时候，就在这沉默中，忽然像有警钟似的来到我的心上："这不就是我的黄金时代吗？此刻。"于是我摸着桌布，回身摸着藤椅的边沿，而后把手举到面前，模模糊糊的，但认定这是自己的手，而后再看到那单细的窗棂上去。是的，自己就在日本。自由和舒适，平静和安闲，经济一点也不压迫，这真是黄金时代，是在笼子过的。从此我又想到了别的，什么事来到我这里就不对了，也不是时候了。对于自己的平安，显然是有些不惯，所以又爱这平安，又怕这平安。

均：上面又写了一些怕又引起你误解的一些话，因为一向你看得我很弱。

前天我还给奇一信。这信就给她看吧！

许君处，替我问候。

吟　十一月十九日

(1936年11月24日从日本东京发往上海)

三郎：

我忽然想起来了，姚克不是在电影方面活动吗？那个《弃儿》的脚本，我想一想很够一个影戏的格式，不好再修改和整理一下给他去上演吗？得进一步就进一步，除开文章的领域，再另外抓到一个启发人们灵魂的境界，况且在现时代影戏也是一大部分传达情感的好工具。

这里，明天我去听一个日本人的讲演，是一个政治上的命题。我已经买了票，五角钱，听两次，下一次还有郁达夫，听一听试试。

近两天来头痛了多次，有药吃，也总不要紧，但心情不好，这也没什么，过两天就好了。

《桥》也出版了？那么《绿叶的故事》也出版了吧？关于这两本书我的兴味都不高。

现在我所高兴的就是日文进步很快，一本《文学案内》翻来翻去，读懂了一些。是不错，大半都懂了，两个多月的工夫，这成绩，在我就很知足了。倒是日语容易得很，别国的文字，读上两年也没有这成绩。

许的信，还没写，不知道说什么好，我怕目的是想安慰她，相反的，又要引起她的悲哀来。你见着她家的那两个老娘姨也说我问她们好。

你一定要去买一个软一点的枕头，否则使我不放心，因为我一睡到这枕头上，我就想起来了，很硬，头痛与枕头大有关系。

我对于绘画总是很有趣味，我想将来我一定要在那上面用功夫的。我有一个到法国去研究画的欲望，听人说，一个月只要一百元。我这个地方也要五十元的。况且在法国可以随时找点工作。

现在我随时记下来一些短句，我不寄给你，打算寄给河清，因为你一看，就非成了"寂寂寞寞"不可，生人看看，或者有点新的趣味。

到墓地去烧刊物，这真是"洋迷信""洋乡愚"说来又伤心，写好的原稿也烧去让他改改，回头再发表罢！烧刊物虽愚蠢，但情感是深刻的。

这又是深夜，并且躺着写信。现在不到十二点，我是睡不下的，不怪说，做了"太太"就愚蠢了，从此看来，大半是愚蠢的。

祝好。

荣子　十一月廿四日

(1936年12月5日从日本东京发往上海)

三郎：

你且不要太猛撞，我是知道近来你们那地方的气候是不大好的。

孙梅陵也来了，夫妻两个？

珂到上海来，竟来得这样快，真是使我吃惊。暂时让他住在那里罢，我也是不能给他决定，看他来信再说。

我并不是吹牛，我是真去听了，并且还听懂了，你先不用忌妒，我告诉你，是有翻译的。

你的大琴的经过，好像小说上的故事似的，带着它去修理，反而更打碎了它。

不过说翻译小说那件事，只得由你选了，手里没有书，那一块喜欢和不喜欢也忘记了。

我想《发誓》的那段好，还是最后的那段？不然就：《手》或者《家族以外的人》！作品少，也就不容易选择了。随便。自传的五六百字，三二日之间当作好。

清说：你近来的喝酒是在报复我的吃烟，这不应该了，你不能和一个草叶来分胜负，真的，我孤独得和一张草叶似的了。我们刚来上海时，那滋味你是忘记了，而我又在开头尝着。

祝好。

荣子　十二月五日

（1936年12月15日从日本东京发往上海）

三郎：

我没有迟疑过，我一直是没有回去的意思，那不过偶尔说着玩的。至于有一次真想回去，那是外来的原因，而不是我自己的自动。

大概你又忘了，夜里又吃东西了吧？夜里在外国酒店喝酒，同时也要吃点下酒的东西的，是不是？不要吃，夜里吃东西在你很不合适。

你的被子比我的还薄，不用说是不合用的了，连我的夜里也是凉凉的。你自己用三块钱去买一张棉花，把你的被子带到淑奇家去，请她替你把棉花加进去。如若手头有钱，就到外国店铺买一张被子，免得烦劳人。

我告诉你的话，你一样也不做，虽然小事，你就总使我不安心。

身体是不很佳，自己也说不出有什么毛病，沈女士近来一见到就说我的面孔是膨胀的，并且苍白。我也相信，也不大相信，因为一向是这个样子，就不稀奇了。

前天又重头痛一次，这虽然不能怎样很重的打击了我（因为痛惯了的缘故），但当时那种切实的痛苦无论如何也是真切的感到。算来头痛已经四五年了，这四五年中头痛药，不知吃了多少。当痛楚一来到时，也想赶快把它医好吧，但一停止了痛楚，又总是不必了。因为头痛不至于死，现在是有钱了，连这样小病也不得了起来，不是连吃饭的钱也刚刚不成问题吗？所以还是不回去。

人们都说我身体不好，其实我的身体是很好的，若换一个人，给他四五年间不断的头痛,我想不知道他的身体还好不好?所以我相信我自己是健康的。

周先生的画片,我是连看也不愿意看的,看了就难过。海婴想爸爸不想?

这地方,对于我是一点留恋也没有,若回去就不用想再来了,所以莫如一起多住些日子。

现在很多的话,都可以懂了,即是找找房子,与房东办办交涉也差不多行了。大概这因为东亚学校钟点太多,先生在课堂上多半也是说日本话的。现在想起初来日本的时候,华走了以后的时候,那真是困难到极点了。几乎是熬不住。

珂,既然家有信来,还是要好好替他打算一下,把利害说给他,取决当然在于他自己了,我离得这样远,关于他的情形,我总不能十分知道,上次你的信是问我的意见,当时我也不知为什么他来到了上海。他已经有信来,大半是为了找我们,固然有他的痛苦,可是找到了我们,能知道他接着就不又有新的痛苦吗?虽然他给我的信上说着"我并不忧于流浪",而且又说,他将来要找一点事做,以维持生活,我是知道的,上海找事,哪里找去。我是总怕他的生活成问题,又年轻,精神方面又敏感,若一下子挣扎不好,就要失掉了永久的力量。我看既然与家庭没有断掉关系,可以到北平去读书,若不愿意重来这里的话。

这里短时间住则可,把日语学学,长了是熬不住的,若留学,这里我也不赞成,日本比我们中国还病态,还干枯,这里没有健康的灵魂,不是生活。中国人的灵魂在全世界中说起来,就是病态的灵魂,到了日本,日本比我们更病态,既是中国人,就更不应该来到日本留学,他们人民的生活,一点自由也没有,一天到晚,连一点声音也听不到,所有的住宅都像空着,而且没有住人的样子。一天到晚歌声是没有的,哭笑声也都没有。夜里从窗子往外看去,家屋就都黑了,灯光也都被关在板窗里面。日本人民的生活,真是可怜,只有工作,工作得和鬼一样,所以他们的生活完全是阴森的。中国人有一种民族的病态,我们想改正它还来不及,再到这个地方和日本人学习,这是一种病态上再加上病态。我说的不是日本没有可学的,所差的只是他的不健康处也正是我们的不健康处,为着健康起见,好处也只得丢开了。

再说另一件事,明年春天,你可以自己再到自己所愿的地方去逍遥一趟。我就只逍遥在这里了。

礼拜六夜我是住在沈女士住所的,早晨天还未明,就读到了报纸,这样的大变动使我们惊慌了一天,上海究竟怎么样,只有等着你的来信。新年好。

荣子 十二月十五日

"日本东京趣町区"只要如此写,不必加标点。

（1936年12月18日从日本东京发往上海）

三郎：

今日东京大风而奇暖。

很有新年的气味了，在街上走走反倒不舒服起来了，人家欢欢乐乐，但是与我无关，所谓趣味，则就必有我，倘若无我，那就一切无所谓了。

我想今天该有信了，可是还没有。失望失望。

学校只有四天课了，完了就要休息十天，而后再说，或是另外寻先生，或是仍在那个学校读下去。

我很想看看奇和珂，但也不能因此就回来，也就算了。

一月里要出的刊物，这回怕是不能成功了吧？你们忙一些什么？离着远了，而还要时时想着你们这方面，真是不舒服，莫如索性问也不问，连听也不听。

三代这回可真得搬家了，开开玩笑的事情，这回可成了真的。

新年了，没有别的所要的，只是希望寄几本小说来，不用挂号，丢不了。《复活》《骑马而去的妇人》，还有别的我也想不出来，总之在这期中，哪怕有多少书也要读空的。可惜要读的时候，书反而没有了。我不知你寄书有什么不方便处没有？若不便，那就不敢劳驾了。

祝好。

荣子　十二月十八日夜

三匹小猫是给奇的。

奇的住址，是"巴里"，是什么里，她写得不清，上一封信，不知道她接到不接到，我是寄到"巴里"的。

（1937年12月31日从日本东京发往上海）

军：

你亦人也，吾亦人也，你则健康，我则多病，常兴健牛与病驴之感，故每暗中惭愧。

现在头亦不痛，脚亦不痛。勿劳念念耳。

专此

年禧

莹　十二月末日

（1936年1月4日从日本东京发往上海）

军：

新年都没有什么乐事可告，只是邻居着了一场大火。我却没有受惊，因在沈女士处过夜。

2号接到你的一封信，也接到珂的信。这是他关于你的鉴赏。今寄上。

祝好。

              荣子　一月四日

附：张秀珂给萧红关于萧军印象的信：

有一件事我高兴说给你：军，虽然以前我们没会过面，然而我从像片和书中看到他的豪爽和正义感，不过待到这几天的相处以来，更加证实、更加逼真，昨天我们一同吃西餐，在席上略微饮点酒，出来时，我看他脸很红，好像为一件感情所激动，我虽然不明白，然而我了解他，我觉得喜欢且可爱！

(1937年4月25日从北京发往上海)

军：

现在是下午两点，火车摇得很厉害，几乎写不成字。

火车已经过了黄河桥，但我的心好像仍然在悬空着，一路上看些被砍折的秃树，白色的鸭鹅和一些从西安回来的东北军。马匹就在铁道旁吃草，也有的成排的站在运货的车厢里边，马的背脊成了一条线，好像鱼的背脊一样。而车厢上则写着津浦。

我带的苹果吃了一个，纸烟只吃了三两棵。一切欲望好像都不怎样大，只觉得厌烦，厌烦。

这是第三天的上午九时，车停在一个小站，这时候我坐在会客室里，窗外平地上尽是些坟墓，远处并且飞着乌鸦和别的大鸟。从昨夜已经是来在了北方。今晨起得很早，因为天晴太阳好，贪看一些野景。

不知你正在思索一些什么？

方才经过了两片梨树地，很好看的，在朝雾里边它们隐隐约约的发着白色。

东北军从并行的一条铁道上被运过去那么许多，不仅是一两辆车，我看见的就有三四次了。他们都弄得和泥猴一样，他们和马匹一样在冒着小雨，他们的欢喜不知是从哪里得来，还闹着笑着。

车一开起来，字就写不好了。

唐官一带的土地，还保持着土地原来的颜色。有的正在下种，有的黑牛或白马在上面拉着犁杖。

这信本想昨天就寄，但没找到邮筒，写着看吧！

刚一到来，我就到了迎贤公寓，不好。于是就到了中央饭店住下，一天两块钱。

立刻我就去找周的家，这真是怪事，哪里有？洋车跑到宣外，问了警察也说太平桥只在宣内，宣外另有个别的桥，究竟是个什么桥，我也不知道。于是跑到宣内的太平桥，二十五号是找到了，但没有姓周的，无论姓什么的也没有，只是一家粮米铺。于是我游了我的旧居，那已经改成一家公寓了。我又找了姓胡的旧同学，门房说是胡小姐已经不在，那意思大概是出嫁了。

北平的尘土几乎是把我的眼睛迷住，使我真是恼丧，那种破落的滋味立刻浮上心头。

于是我跑到李镜之七年前他在那里做事的学校去，真是七年间相同一日，他仍在那里做事，听差告诉我，他的家就住在学校的旁边，当时实在使我难以相信。我跑到他家里去，看到儿女一大群。于是又知道了李洁吾，他也有一个小孩了，晚饭就吃在他家里，他太太烧的面条。饭后谈了一些时候，关于我的消息，知道得不少，有的是从文章上得知，有的是从传言。九时许他送出胡同来，替我叫了洋车我自归来就寝，总算不错。到底有个熟人。

明天他们替我看房子，旅馆不能多住的，明天就有了决定。

并且我还要到宣外去找那个什么桥，一定是你把地址弄错，不然绝不会找不到的。

祝你饮食和起居一切平安。

珂同此。

荣子 四月二十五日夜一时

（1937年4月27日从北京发往上海）

均：

前天下午搬到洁吾家来住，我自己占据了一间房。二三日内我就搬到北辰宫去住下，这里一个人找房子很难，而且一时不容易找到。北辰宫是个公寓，比较阔气，房租每月二十四也或者三十元，因为一间空房没有，所以暂且等待两天。前天为了房子的事，我很着急。思索了半天才下了决心，住吧！或者能够做点事，有点代价就什么都有了。

现在他们夫妇都出去了，在院心我替他们看管孩子。院心种着两棵梨树，正开着白花，公园或者北海，我还没有去过，坐在家里和他们闲谈了两天，知道他们夫妇彼此各有痛苦。我真奇怪，谁家都是这样，这真是发疯的社会。可笑的是我竟成了老大哥一样给他们说着道理。

淑奇这两天来没有来？你的精神怎么样？珂的事情决定了没有？我本想寄航空信给你，但邮政总局离得太远，你一定等信等得很急。

《八月》和《生》这地方老早就已买不到了，不知是什么原因，至于翻版更不得见。请各寄两本来，送送朋友。洁吾关于我们的生活从文字上知道的。差不多我们的文章他全读过，就连"大连丸"他也读过，他常常想着你的长相如何，等看到了照相看了好多时候。他说你是很厉害的人物，并且有魄力。我听了很替你高兴。他说从《第三代》上就能看得出来。

虽然来到了四五天,还没有安心,等搬了一定的住处就好了。

你喝酒多少?

我很想念我的小屋,花盆浇水了没有?

昨天夜里就搬到北辰宫来,房间不算好,每月二十四元。

住着看,也许住上五天六天的,在这期间我自己出去观看民房。

到今天已是一个礼拜了,还是安不下心来,人这动物,真不是好动物。

周家我暂时不去了,等你来信再说。

写信请寄到北平东城北池子头条七号李家即可。

你的那篇东西做出去没有?

荣子　四月廿七日

（1937年5月3日从北京发往上海）

军：

　　昨天看的电影：《茶花女》，还好。今天到东安市场吃完饭回来，睡了一觉，现在是下午六点，在我未开笔写这信的之前，是在读《海上述林》。很好，读得很有趣味。

　　但心情又和在日本差不多，虽然有两个熟人，也还是差不多。

　　我一定应该工作的，工作起来，就一切充实了。

　　你不要喝酒了，听人说，酒能够伤肝，若有了肝病，那是不好治的。就所谓肝气病。

　　北平虽然吃的好，但一个人吃起来不是滋味。于是也就马马虎虎了。

　　我想你应该有信来了，不见你的信，好像总有一件事，我希望快来信！

　　珂好！

　　奇好！

　　你也好！

荣子　五月三日

　　通讯：北平东城北池子头条七号李家转

（1937年5月4日从北京发往上海）

军：

昨天又寄了一信，我总觉我的信都寄得那么慢，不然为什么已经这些天了还没能知道一点你的消息？其实是我个人性急而不推想一下邮便所必须费去的日子。

连这封信，是第四封了。我想那时候我真是为别离所慌乱了，不然为什么写错了一个号数？就连昨天寄的这信，也写的是那个错的号数，不知可能不丢么？

我虽写信并不写什么痛苦的字眼，说话也尽是欢乐的话语，但我的心就像被浸在毒汁里那么黑暗，浸得久了，或者我的心会被淹死的，我知道这是不对，我时时在批判着自己，但这是情感，我批判不了，我知道炎暑是并不长久的，过了炎暑大概就可以来了秋凉。但明明是知道，明明又做不到。正在口渴的那一刹，觉得口渴那个真理，就是世界上顶高的真理。

既然那样我看你还是搬个家的好。

关于珂，我主张既然能够去江西，还是去江西的好，我们的生活也没有一定，他也跟着跑来跑去，还不如让他去安定一个时期，或者上冬，我们有一定了，再让他来，年轻人吃点苦好，总比有苦留着后来吃强。

昨天我又去找周家一次，这次是宣武门外的那个桥，达智桥，二十五号也找到了，巧得很，也是个粮米店，并没有任何住户。

这几天我又恢复了夜里骇怕的毛病，并且在梦中常常生起死的那个观念。

痛苦的人生啊！服毒的人生啊！

我常常怀疑自己或者我怕是忍耐不住了吧？我的神经或者比丝线还细了吧？

我是多么替自己避免着这种想头，但还有比正在经验着的还更真切的吗？我现在就正在经验着。

我哭，我也是不能哭。不允许我哭，失掉了哭的自由了。我不知为什么把自己弄得这样，连精神都给自己上了枷锁了。

这回的心情还不比去日本的心情，什么能救了我呀！上帝！什么能救了我呀！我一定要用那只曾经把我建设起来的那只手把自己来打碎吗？

祝好！

荣子　五月四日

所有我们的书，若有精装请各寄一本来。

(1937年5月9日从北京发往上海)

军：

我今天接到你的信就跑回来写信的，但没有寄，心情不好，我想你读了也不好，因为我是哭着写的，接你两封信，哭了两回。

这几天也还是天天到李家去，不过待不多久。

我在东安市场吃饭，每顿不到两毛，味极佳。羊肉面一毛钱一碗。再加两个花卷，或者再来个炒素菜。一共才是两角。可惜我对着这样的好饭菜，没能喝上一盅，抱歉。

六号那天也是写了一信，也是没寄。你的饮食我想还是照旧，饼干买了没有？多吃点水果。

你来信说每天看天一小时会变成美人，这个是办不到的，说起来很伤心，我自幼就喜欢看天，一直看到现在还是喜欢看，但我并没变成美人，若是真是，我又何能东西奔波呢？可见美人自有美人在。（这个话开玩笑也）

奇是不可靠的，黑人来李家找我。这是她之所嘱。和李太太、我，三个人逛了北海。我已经是离开上海半月多了，心绪仍是乱绞，我想我这是走的败路。但我不愿意多说。

《海上述林》读毕，并请把《安娜可林娜》寄来一读。还有《冰岛渔夫》，还有《猎人日记》。这书寄来给洁吾读。不必挂号。若有什么可读的书，就请随时寄来，存在李家不会丢失，等离上海时也方便。

　　我的长篇并没有计划，但此时我并不过于自责，"为了恋爱，而忘掉了人民，女人的性格啊！自私啊！"从前，我也这样想，可是现在我不了，因为我看见男子为了并不值得爱的女子，不但忘了人民，而且忘了性命。何况我还没有忘了性命，就是忘了性命也是值得呀！在人生的路上，总算有一个时期在我的脚迹旁边，也踏着他的脚迹。（总算两个灵魂和两根琴弦似的互相调谐过）（这一句似乎有点特别高攀，故涂去。）

　　笔墨都买了，要写大字。但房子有是有，和人家就一个院不方便。至于立合同，等你来时再说吧！

　　祝你好！上帝给你健康！

荣子　五月九日

（1937年5月11日从北京发往上海）

军：

今晨写了一信，又未寄。

精神不甚好，写了一张大字，写得也不好，等写好时寄给你一张当作字画。

卢骚的《忏悔录》快读完了，尽是些与女人的故事。

洁吾家我也不愿多坐，那是个沉闷的家庭。

我现住的房子太贵，想租民房，又讨厌麻烦。

我看你还是搬一搬家好，常住一个很熟的地方不大好。

昨天下午，无聊之甚，跑到北海去坐了两个钟头，女人真是倒霉，即是进进公园也要让人家左一眼右一眼的看来看去，看得不自在。

今天很热，睡了一觉。

从饭馆子出来几乎没有跌倒，不知为什么像是服毒那么个滋味。睡了一觉好了。

你要多吃水果，因为菜类一定吃得很少。

祝好！

荣子　五月十一日

(1937年5月15日从北京发往上海)

军：

　　前天去逛了长城，是同黑人一块去的。真伟大，那些山比海洋更能震惊人的灵魂。到日暮的时候起了大风，那风声好像海声一样，《吊古战场》文上所说：风悲日曛。群山纠纷。这就正是这种景况。

　　夜十一时归来，疲乏得很，因为去长城的前夜，和黑人一同去看戏，因为他的公寓关门太早的缘故，就住在我的地板上，因为过惯了有纪律的生活，觉得很窘，所以通夜失眠。

　　你寄来的书，昨天接到了。前后接到两次，第一次四本，第二次六本。

　　你来的信也都接到的，最后这回规劝的信也接到的。

　　我很赞成，你说的是道理，我应该去照做。

　　祝好！

　　　　　　　　　　　　　　　　　　　　　　荣子　五月十五日

奇不另写了，这里有在长城上得的小花，请你分给她几棵。

（1936年10月17日从日本东京发往上海）

河清兄：

老三还没有回来？

我不回去了，我就在这里住下去了。

每日花费在日语上要六七个钟头，这样读下来简直不得了，一年以后真是可以，但我并不用功，若用起功来，时间差不多就没有了。可是《十年》的文章并没因此而写出来。

华姐忙得不得了吧？

《译文》还要请您寄给我，多谢谢。祝好。

吟　十月十七日

致胡风

(1938年3月30日从西安发往武汉)

胡兄：

我一向没有写稿，同时也没有写信给你。这一遭的北方的出行，在别人都是好的，在我就坏了。前些天萧军没有消息的时候，又加上我大概是有了孩子。那时候端木说："不愿意丢掉的那一点，现在丢了；不愿意多的那一点，现在多了。"

现在萧军到延安了。聂也去了。我和端木尚留在西安，因为车子问题。

为西北战地服务团，我和端木和老聂、塞克共同创作了一个三幕剧，并且上演过。现在要想发表，我觉得《七月》最合适，不知道你看《七月》担负得了不？并且关于稿费请先电汇来，等口用，是因为不知什么时候要到别处去。

屠小姐好！

小朋友好！

萧红　端木　三月卅日

塞克附笔问候

电汇到西安七贤庄八路军驻陕办事处萧红收。

致许广平

(1939年3月14日从重庆发往上海)

许先生：

还是在十二月里，我听说霞飞坊着火，而被烧的是先生的家。这谣传很久了，不过我是十二月听到的。看到你的信，我才知道，晓得那件事已经很晚了，那还是十月里的事情。但这次来的信很好，因为关心这件事情的人太多，延安和成都，都有人来信问过。再说二周年祭，重庆也开了会，可是那时候我不能去参加，那理由你也晓得的。你说叫我收集一些当时的报纸，现在算起，过了两个月了，但怕你的贴报簿仍没有重庆的篇幅，所以我还是在收集，收后挂号寄上。因为过时之故，所以不能收集得快，而且也怕不全。这都是我这样的年轻人做事不留心的缘故，不然何必现在收集呢？不是本来应该留起的吗？

名叫《鲁迅》的刊物，至今尚未出。替转的那几张信，谢谢你。你交了白卷了，我不生气，（因为我不敢）所以我也不小气，打算给你写文章的。不知现在时间已过你要不要？

《鲁迅》那刊物不该打算出得那样急，为的是赶二周年。因为周先生去世之后，算算自己做的事情太少，就心急起来。心急是不行的，周先生说过，这心急要拉得长，所以这刊物我始终计算着，有机会就要出的。年底看，在这一年中，各种方法我都想，想法收集稿子，想法弄出版关系，即最后还想自己弄钱。这三条都是要紧的，尤其是关于稿子。这刊物要名实合一，要外表也漂亮，因为导师喜欢好的装修（漂亮书），因为导师的名字不敢侮辱，要选极好极好的作品，做编辑的要铁面无私，要宁缺勿滥；所以不出月刊，不出定期刊，有钱有稿就出一本，不管春夏秋冬，不管三月五月，整理好就出一本，本头要厚，出一本就是一本。载一长篇，三两篇短篇，散文一篇，诗有好的要一篇，没有好的不要。关于周先生，要每期都有关于他的文章。研究，传记……所以先想请你作传记的工作（就是写回忆文），这很对不起，我不应该就这样指定，我的意思不是指定，就是请你具体的赞同。还请茅盾先生，台静农先生……若赞同就是写稿。但这稿也并不收在我手里（登出一期，再写信讨来一段），因为内地警报多，怕烧毁。文章越长越好，研究我们的导师非长文不够用。在这一年之中，大概你总可写出几万字的，就是这刊物不管怎样努力也不能出的话，那时就请你出单行本吧，我们都是要读的。导师的长处，我们知道的太少了，想做好人是难的。其实导师的文章就够了，绞了那么多心血给我们还不够吗？但是我们这一群年轻人非常笨，笨的就像一块石，假若看了导师怎样对朋友，怎样谈闲天，怎样看电影，怎样包一本书，怎样用剪子连包书的麻绳都剪的整整齐齐，那或者帮助我们做成一个人更快一点，因为我们连吃饭走路都得根本学习的，我代表青年们向你呼求，向你要索。

我们在这里一谈起话来就是导师，不称周先生也不称鲁迅先生，你或者还没有机会听到，这声音是到处响着的，好像街上的车轮，好像檐前的滴水。（下略）

萧红上，3月14日

致白朗

（1940年春夏从香港发往重庆）

……不知为什么，莉，我的心情永久是如此抑郁，这里的一切是多么恬静和幽美，有田，有漫山漫野的鲜花和婉转的鸟语，更有澎湃泛白的海潮，面对着碧澄的海水，常会使人神醉的，这一切不都正是我以往所梦想的佳境吗？然而呵，如今我却只感到寂寞！在这里我没有交往，因为没有推心置腹的朋友。因此，常常使我想到你。莉，我将可能在冬天回去。

（该信是从白朗的《遥祭》中抄录的，是萧红给白朗的信的一个片断。）

致华岗

(1940年6月24日从香港发往重庆)

西园先生:

你多久没有来信了,你到别的地去了吗?或者你身体不大好!甚念。

我来到香港还是第一次写信给你,在这几个月中,你都写了些什么了?你一向住到乡下就没有回来?到底是隔得太远了,不然我会到大田湾去看你一次的。

我们虽然住在香港,香港是比重庆舒服得多,房子、吃的都不坏,但是天天想回重庆,住在外边,尤其是我,好像是离不开自己的国土的。香港的朋友不多,生活又贵。所好的是文章到底写出来了,只为了写文章还打算再住一个期间。端木和我各写了一长篇,都交生活出版去了。端木现在写论鲁迅。今年八月三日为鲁迅先生六十生辰,他在做文纪念。我也打算做一文章的,题目尚未定,不知关于这纪念日你要做文章否?若有,请寄文艺阵地,上海方面要扩大纪念,很欢迎大家多把放在心里的理论和感情发挥出来。我想这也是对的,我们中国人,是真正的纯粹的东方情感,不大好的,"有话放在心里,何必说呢""有痛苦，不要哭""有快乐不要笑"。比方两个朋友五六年不见了，本来一见之下，很难过，又很高兴，是应该立刻就站起来，互相热烈的握手。但是我们中国人是不然的，故意压制着，装做若无其事的样子，装做莫测高深的样子，好像他这朋友不但不表现五年不见，看来根本就像没有离开过一样。你说我说的对不对？我可真是借机发挥了议论了。

我来到了香港，身体不大好，不知为什么，写几天文章，就要病几天。大概是自己体内的精神不对，或者是外边的气候不对。端木甚好。下次再谈吧！希望你来信。

沈山婴大概在地上跑着玩了吧？沈先生沈夫人一并都好。

萧红　六月廿四日

（重庆这样轰炸，也许沈家搬了家了。这信我寄交通部。）

（1940年7月7日从香港发往重庆）

园兄：

七月一日信，六日收到。

民族史至今尚未印出，听说上海纸贵，出版商都在观望，等便宜时才买纸来印。可不知何时纸才便宜。

正如兄所说，香江亦非安居之地。近几天正打算走路，昆明不好走，广州湾不好走，大概要去沪转宁波回内地。不知沪上风云如何，正在考虑。离港时必专函奉告，勿念。

胡风有信给上海迅夫人，说我秘密飞港，行止诡秘。他倒很老实，当我离渝时，我并未通知他，我欲去港，既离渝之后，也未通知他，说我已来港，这倒也难怪他说我怎样怎样。我想他大概不是存心诬陷。但是这话说出来，对人家是否有好处呢？绝对的没有，而且有害的。中国人就是这样随便说话，不管这话轻重，说出来是否有害于人。假若因此害了人，他不负责任，他说他是随便说说呀！中国人这种随便，这种自由自在的随便，是损人而不利己的。我以为是不大好的。专此敬祝健康。

萧　七月七日

并附两信，烦一齐转文艺协会。

（1940年7月28日从香港发往重庆）

园兄：

七月廿日来信，前两天收到，所附之信皆为转去，甚感。香港似又可住一时了。您的关切，我们都一一考虑了。远在万里之外，故人仍为故人计，是铭心感切的。

民族史一事，我已函托上海某书店之一熟人代为考查去了，此书不但您想见到，我也想很快的看到。不久当有回信来，那时当再奉告。

关于胡之乱语，他自己不去撤销，似乎别人去谏一点意，他也要不以为然的，那就是他不是胡涂人，不是胡涂人说出来的话，还会不正确的吗？他自己一定是以为很正确。假若有人去解释，我怕连那去解释的人也要受到他心灵上的反感。那还是随他去吧！

想当年胡兄也受到过人家的侮陷，那时是还活着的周先生把那侮陷者给击退了。现在事情也不过三五年，他就出来用同样的手法对待他的同伙了。呜呼哀哉！

世界是可怕的，但是以前还没有自身经历过，也不过从周先生的文章上看过，现在却不了，是实实在在来到自己的身上了。当我晓得了这事时，我坐立不安的度过了两个钟头，那心情是很痛苦的。过后一想，才觉得可笑，未免太小孩子气了。开初而是因为我不能相信，纳闷，奇怪，想不明白，这样说似乎是后来想明白了的样子，可也并没有想明白。因为我也不想这些了。若是越想越不可解，岂不想出毛病来了吗，您想要替我解释，我是衷心的感激，但话不要了。

今天我是发了一大套牢骚，好像不是在写信，而是像对面坐着在讲话的样子。不讲这套了。再说这八月份的工作计划。在这一个月中，我打算写完一长篇小说，内容是写我的一个同学，因为追求革命，而把恋爱牺牲了。那对方的男子，本也是革命者，就因为彼此都对革命起着过高的热情的浪潮，而彼此又都把握不了那革命，所以那悲剧在一开头就已经注定的了。但是一看起来他们在精神上是无时不在幸福之中。但是那种幸福就像薄纱一样，轻轻的就被风吹走了。结果是一个东，一个西，不通音信，男婚女嫁。在那默默的一年一月的时间中，有的时候，某一方面听到了传闻那哀感是仍会升起来的，不过不怎具体罢了。就像听到了海上的难船的呼救似的，辽远，空阔，似有似无。同时那种惊惧的感情，我要把他写出来。假若人的心上可以放一块砖头的话，那么这块砖头再过十年去翻动它，那滋味就绝不相同于去翻动一块放在墙角的砖头。

写到这里，我想起那次您在饺子馆讲的那故事来了。您说奇怪不奇怪？专此敬祝

安好。

萧　七月廿八日

附上所写稿《马伯乐》长篇小说的最前的一章，请读一读，看看马伯乐这人是否可笑！因有副稿，读后，请转中苏文化交曹靖华先生。

(1940年8月28日从香港发往重庆)

（此信内共附了二张文章，三张信，除了姚先生的信请转去外，其余的都没有用了。）

华兄：

民族史出版了，为你道贺。

你十三日的信早已收到，只等上海你的书寄来，好再作复信，不知为何，等了又等，至今未到。我已写信去再问去了，并请那人直接寄你一本。因近来香港不收寄到重庆去的包裹和书籍，就是我前些日子所寄的《马伯乐》的一稿你也不能收到，因为那稿我竟贴了邮票就丢进信箱里去了。

现在又得那书出版的广告，一并寄上，因为背面有鲁迅纪念生辰的文章，所以不剪下来，一并寄上看看，在乡间大概甚为寂寞的。

你十三日的信，我看了，而且理解了，是实在的，真是那种情形，可不知道哪一天会好，新贵，我看还没怎样的贵，也许真贵了就好了。前些日子的那些牢骚，看了你的信也就更消尽了，勿念。正在写文章，写得比较快，等你下一封信来，怕是就写完了。不在一地，不能够拿到桌子共看，真是扫兴。你这一年来身体好否？为何来信不提？现在又写什么了?

专此匆匆不尽

祝好

　　　　　　　　　　　　　　　萧上　八月廿八日

信未发又来了上海的信,顺便也寄上看一看吧。哪年能看到书真是天晓得!寄我的那本,我至今也未收到,已经二十天了。等我再去信问吧。

（1941年1月29日从香港发往重庆）

园兄：

　　好久没给您信了。前次端兄有一信给您，内中并托您转一信，不知可收到没有？

　　我那稿子，是没有用的了，看过就请撕毁好了，因为不久即有书出版的。

　　民族史，第二部正在读。想重庆未必有也。

　　香港旧年很热闹，想去年此时，刚来不久，现已一年了，不知何时可回重庆，在外久居，未免的就要思念家园。香港天气正好，出外野游的人渐渐的多了。不知重庆大雾还依旧否？

专此

　　祝好

萧　一月廿九日

　　请转一信，至感。

(1941年2月14日从香港发往重庆)

园兄：

最近之来信收到。因近来搬家，所以迟复了。寄书事，必要寄的，就是不寄，也要托人带去，日内定要照办，因自己的文章，若不能先睹，则不舒服也。

香江并不似重庆那么大的雾，所以气候很好，又加住此渐久，一切熟习，若兄亦能来此，旅行，畅谈，甚有趣也。

端兄所编之刊物，余从旁观之，四月一日定要出版，兄如有稿可寄下，因虽为文艺刊物，但有理论那一部门。而且你的文章又写得太好了。就是专设一部门为着刊你的文章也是应该的。第二部我在读，写的实在好。中国无有第二人也。

专此祝好

（三月二十号发稿，有稿在二十号前寄下最好。）

萧上　二月十四日

致张秀珂

(1941年9月)

(原文略)

此信以《"九一八"致弟弟书》为题,发表于1941年9月26日桂林《大公报》文艺专栏,署名萧红,已收入本全集之《商市街》中,此处不再重复收录。

附录 萧红年表

1911年（1岁）

6月2日（农历五月初六），萧红生于黑龙江省呼兰县（现哈尔滨市呼兰区）城内龙王庙路南的张家大院。乳名荣华，学名张秀环，后改名张廼莹。另说萧红生于6月1日（农历五月初五）。

生父张廷举（1888~1959），字选三，黑龙江省立优级师范学堂毕业，获奖励师范科举人，中书科中书衔，先后在汤原、呼兰县等地任教并担任地方教育官员。1945年抗战胜利后参加土地改革，拥护共产党的领导，被定为开明绅士。

生母姜玉兰（1886~1919），婚后生一女三子，长女荣华，长子富贵（夭亡）、次子连贵（即张秀珂）、三子连富（夭亡）。

1912年（2岁）

开始学走路。祖父张维祯（1849~1929）与祖母范氏（1845~1917）的三个女儿早已出嫁，育有一子夭亡，家中久无小孩，萧红的出生给张家带来了快乐。祖父对其疼爱有加。

1913 年（3 岁）

开始与祖父进入后花园玩耍。

1914 年（4 岁）

大弟富贵出生。萧红更多时候与祖父在一起，后花园是最为快乐的去处。

1915 年（5 岁）

大弟富贵夭亡。

1916 年（6 岁）

二弟连贵（张秀珂）出生。

随母回娘家省亲，二姨姜玉环得知外甥女大名张秀环，坚持要父亲给其改名。外祖父姜文选将萧红学名改为张廼莹。

1917 年（7 岁）

7 月 9 日，祖母范氏病故。其后，萧红搬到祖父房间，祖父开始口授《千家诗》。

1918 年（8 岁）

渐渐对家里租住户的生活有所了解。

1919 年（9 岁）

1 月初，三弟连富出生。

8月26日(农历闰七月初二),母亲姜玉兰不幸染上霍乱,三天后病故。三弟连富被送往阿城张廷举四弟家寄养。

12月15日(农历十月十四),张廷举续娶梁亚兰。

1920年(10岁)

秋,入呼兰县乙种农业学校女生班,上初小一年级。该校被俗称为龙王庙小学,后改称第二十国民小学、南关小学,现为萧红小学。

1921年(11岁)

秋,升入初小二年级。

三弟连富感染霍乱夭亡。

1922年(12岁)

秋,升入初小三年级。弟弟张秀珂入龙王庙小学读一年级。

1923年(13岁)

秋,升入初小四年级。

1924年(14岁)

夏,初小毕业。

秋,入北关初高两级小学校女生部,读高小一年级。学校位于城北二道街祖师庙院内,后曾被称为道文小学、第二初高级完全小学校、胜利小学校等。不久,张廷举出任该校校长。

1925年（15岁）

秋，转入呼兰县第一女子初高两级小学校（即后来县立第一初高两级小学校的女生部，该校校址在今哈尔滨市呼兰区第一中学院内），插班高小二年级。

5月30日，震惊中外的"五卅惨案"发生。全国人民抗日反帝爱国的热潮风起云涌。受这股潮流影响，呼兰县中学联合会发起游行、讲演、募捐等活动，支援上海工人、学生们的斗争。萧红积极参与这一社会活动，并与同学傅秀兰一起到居住在县城东南隅的有钱有势的"八大家"募捐。

7月末，呼兰县学生联合会在西岗公园举行联合义演，答谢募捐民众。萧红在话剧《傲霜枝》中扮演一个贫苦的小姑娘。

1926年（16岁）

6月末，高小毕业，到哈尔滨继续上中学的愿望遭父亲、继母反对。萧红以与家长冷战的方式进行抗争。

1927年（17岁）

夏，因抗争无果，扬言效仿同学田慎如到天主教堂当修女，张廷举终于妥协，同意萧红继续读书。

秋，入哈尔滨"东省特别区第一女子中学校"就读，该校前身为私立"从德女子中学"，现名为萧红中学。

1928年（18岁）

3月15日（农历二月初五），祖父张维祯八十寿诞。黑龙江省"剿匪"总司令、东北陆军十二旅中将旅长马占山和上校骑兵团团长王廷兰，呼兰县长廖飞鹏等人前来祝寿。马占山赠送题为"康疆逢吉"的牌匾一块，并由他提议，将张家大院所在的英顺胡同更名为"长寿胡同"。

6月，张廷举出任呼兰县教育局局长。

9月中旬，张廷举转任黑龙江省教育厅秘书。

11月9日，哈尔滨市学生维持路权联合会发起反日护路游行示威活动，史称"一一·九"运动。萧红参加游行，主动担任宣传员。

1929年（19岁）

1月初，由六叔张廷献（张廷举的异母弟）保媒，萧红父将其许配给哈尔滨顾乡屯汪恩甲，两人正式订婚。

6月7日（农历五月初一），祖父病故，回家奔丧。

下半年，了解到汪恩甲的庸俗和吸食鸦片的恶习，萌生退婚之念。

11月17日，苏军攻占满洲里和扎兰诺尔。是月中旬，参加"佩花大会"进行募捐。

1930年（20岁）

4月，陆哲舜从哈尔滨法政大学退学，就读于北平中国大学。

上半年，向父亲表达初中毕业后到北平继续读高中的愿望，遭拒。

夏，初中毕业。父亲和继母主张萧红与汪恩甲完婚。在同学徐淑娟等的鼓动下，萧红准备抗婚求学。

初秋，假意同意与汪恩甲结婚从家里骗出一笔钱，出走北平，入女师大附中读高中一年级。与陆哲舜在二龙坑西巷一小院，分屋而居。

家里震怒，给陆家施加压力。陆家劝说无果，断绝陆哲舜的经济来源。

冬，陆哲舜向家庭妥协。

1931 年（21 岁）

1 月中旬，回呼兰，遭软禁，精神极度痛苦，后与家庭和解。

2 月下旬，返回北平。汪恩甲随后找到萧红。

3 月初，返回哈尔滨。

3 月下旬，因不满汪恩甲之兄汪大澄代弟解除婚约，状告其"代弟休妻"。因汪恩甲在法庭上为其兄开脱，官司败诉，返回呼兰。

4 月初，随继母搬到阿城福昌号屯，开始长达 6 个月的软禁生活。

10 月 3 日夜，在姑姑和七婶帮助下，离开福昌号屯逃至阿城，旋即乘火车逃至哈尔滨。

10 月上旬，开始在哈尔滨街头流浪，生活困苦不堪，再次与汪恩甲交往。

12 月初，住进在东省特别区第二女子中学就读的堂妹张秀珉的宿舍，经张秀珉、张秀琴姐妹斡旋，在该校高中一年级插班，十多天后发现自己怀孕不辞而别，与汪恩甲住进道外东兴顺旅馆。

1932 年（22 岁）

2 月 5 日，日军占领哈尔滨。

春，回继母梁亚兰家。当天下午汪恩甲找来，两人旋即一起离开。其间，创作《可纪念的枫叶》《静》《偶然想起》《栽花》《春曲》等诗。

5 月中，汪恩甲离开东兴顺旅馆，从此杳无消息。两人欠下旅馆食宿费四百余元，萧红被扣为人质，陷于被卖到低等妓院的威胁中。

7月9日，向《国际协报》文艺副刊主编裴馨园发信求助。裴馨园随即带人到旅馆探访，并与友人商讨营救方案，未果。

7月12日黄昏，萧军受裴馨园之托到东兴顺旅馆探访。二萧第一次相见便相互倾慕。次日，萧军再来旅馆，两人迅速陷入热恋。

8月7日，松花江决堤二十余处，整个道外区顷刻一片汪洋，街可行船。

8月9日上午，搭搜救船离开东兴顺旅馆，住进裴馨园家，不久，与裴家人产生隔阂。

8月底，在哈尔滨市公立第一医院（现哈尔滨市儿童医院）产下一名女婴，旋即送人。

9月下旬，被接回裴家。几天后与萧军一起搬出，住进欧罗巴旅馆。

11月中旬，二萧从欧罗巴旅馆搬出，安家于商市街二十五号。经金剑啸介绍，参加"牵牛坊"的活动，结识了一些新朋友。

1933年（23岁）

年初，在萧军鼓励下，参加《国际协报》征文，开始文学创作。

4月18日，完成长篇纪实散文《弃儿》。该文连载于5月6日至17日《大同报》文艺副刊《大同俱乐部》。此后，陆续创作了小说《腿上的绷带》《太太与西瓜》《看风筝》等。

7月，参加"星星剧社"活动，排演《小偷》《娘姨》等剧目。

10月3日，二萧小说、诗歌、散文合集《跋涉》在哈尔滨《五日画报》印刷社自费出版。《跋涉》出版后委托商场代售，引起满洲文坛注意，作者被誉为黑暗现实中两颗闪闪发亮的明星，这奠定了他们在东北文坛的地位。

10月中旬，"星星剧社"解散。

12月，《跋涉》因有"反满抗日"倾向引起日伪当局注意，遭查禁。年底，与萧军开始计划离开哈尔滨。

1934年（24岁）

3月中，舒群来信，约二萧去青岛。

4月20日至5月17日，小说《麦场》（即《生死场》前两章《麦场》、《菜圃》）连载于《国际协报》副刊《国际公园》。

5月，因病在萧军的乡下友人家居住十多日调养身体。

6月12日，与萧军悄然离开哈尔滨。

6月15日，与萧军经大连抵达青岛。端午节后搬进观象一路一号。不久，舒群、倪青华夫妇搬来同住。

9月9日，完成《麦场》的创作。

10月初，二萧以萧军的名义给鲁迅写信。不久，鲁迅回信，二萧备受鼓舞。

11月1日，二萧与作家张梅林乘坐"共同丸"离开青岛，次日抵达上海。与萧军住进拉都路上的一个亭子间。次日，给鲁迅去信。

11月4日，得鲁迅回信，从此开始与鲁迅先生的书信往来。

11月30日，二萧与鲁迅全家在一家咖啡馆见面。

12月19日，二萧赴鲁迅全家的宴请，结识茅盾、叶紫、聂绀弩夫妇等人。

1935 年（25 岁）

3月5日，在鲁迅推荐下，小说《小六》发表于《太白》第一卷第十二期。

3月中，开始写作《商市街》系列散文，5月15日完稿。

6月1日，散文《饿》在《文学》第四卷第六号上发表。

6月，二萧搬到萨坡赛路一九〇号唐豪律师家。

10月，因《麦场》公开出版无望，决定自费印行。后从鲁迅信中得知，《麦场》改名《生死场》。

11月6日，与萧军第一次赴鲁迅家宴。

11月14日，鲁迅为《生死场》作序。

12月中，《生死场》作为"奴隶丛书"之三假托"荣光书局"自费印行，作者署名"萧红"。该书收鲁迅的《序言》、胡风的《读后记》。

1936 年（26 岁）

1月19日，与萧军、聂绀弩等人共同编辑的《海燕》创刊，当日售完2000册，鲁迅夫妇携海婴在梁园设宴庆贺。《海燕》创刊号载萧红散文《访问》。

3月1日，散文《广告员的梦想》载于《中学生》第63期。此后，《同命运的小鱼》《春意挂上了树梢》《公园》《夏夜》等多篇散文先后在《中学生》杂志发表。

3月中，与萧军搬至北四川路底"永乐坊"。

3月23日午后，在鲁迅先生家结识美国作家史沫特莱。

春，陈涓回上海，萧军与其产生情感纠葛，萧红受到巨大伤害。

4月15日,《作家》创刊号载萧红小说《手》。

5月16日,鲁迅病重。月底,连续多日前往鲁寓。

6月15日,在鲁迅、茅盾、巴金等67位作家联合署名发表的《中国文艺工作者宣言》上签名。

7月中,决定东渡日本一年,并期待与在日本留学的弟弟张秀珂会面。

7月15日晚,鲁迅夫妇设家宴为之饯行。次日,与萧军、黄源饭后到照相馆拍合影一张。

7月17日,乘船赴日。

7月21日,抵达东京,在黄源夫人许粤华的帮助下,开始旅日生活。

7月26日,给萧军去信,告知弟弟张秀珂已于7月16日回国。

8月中,散文集《商市街》作为由巴金主编的《文学丛刊》第二集第十二册,由上海文化生活出版社出版,内收散文41篇。

9月初,为《大沪晚报》写作纪念"九一八"的散文《长白山的血迹》。

9月12日晨,遭日本便衣警察盘查。

9月14日,进入"东亚补习学校"学习日语。

9月中,散文集《商市街》再版。

10月19日,鲁迅病逝,三日后,萧红获悉死讯,极度哀伤。后致萧军的信(10月24日)以《海外的悲悼》为题载于《中流》第一卷第五期。

11月,散文集《桥》作为巴金主编的《文学丛刊》第三集第十二册,由上海文化生活出版社出版。

12月初，买票听郁达夫演讲。

1937年（27岁）

1月9日，接萧军信，中断在日本的日语学习和创作，乘"秩父丸"回国。

1月13日，回到上海，住法租界吕班路。

3月15日，组诗《沙粒》载于《文丛》第一卷第一期，将与萧军间的情感危机公之于众。

4月，与萧军关系恶化，离家出走到一家犹太人开办的寄宿画院准备学画，旋即，被萧军朋友找回。

4月23日夜，离开上海到北平访友、散心。在北平期间与李洁吾、舒群有较多接触。

5月中旬，返回上海。

5月下旬，参加《鲁迅先生纪念集》的资料搜集和整理工作。

5月中，短篇小说集《牛车上》由上海文化生活出版社出版，为巴金主编"文学丛刊"第五集第五册。

7月7日，"卢沟桥事变"爆发，中国开始全面抗战。19日收到北平李洁吾的来信，记叙事变后北平现状。后将来信发表于《中流》第二卷第十期。

8月13日，淞沪抗战爆发，不避危险鼎力帮助日本友人鹿地亘、池田幸子夫妇。

8月底，胡风出面邀请萧红、萧军、曹白、艾青、彭柏山、端木蕻良等作家商议筹办新的文学杂志。萧红提议将即将创刊的新杂志命名为《七月》，得到大家赞同。此次集会上，与端木蕻良第一次见面。

9月下旬，二萧离开上海抵达汉口，通过于浣非结识诗人蒋锡金，旋即搬进蒋锡金位于武昌水陆前街小金龙巷二十一号的住处。

10月18日，散文《万年青》载于武汉《战斗旬刊》第一卷第四期"鲁迅先生周年祭特辑"，该文后改名为《鲁迅先生记（一）》，被收入1940年6月重庆大时代书局出版的《萧红散文》。

10月下旬，端木蕻良应胡风、萧军之邀前来武汉，随后也搬进小金龙巷与二萧住在一起。到武汉安顿下来之后，开始长篇小说《呼兰河传》的创作。

12月10日，与萧军、端木蕻良突遭当局逮捕。次日，在胡风托人斡旋下，三人获释。

年底，二萧搬进冯乃超位于武昌紫阳湖畔的寓所。

1938年（28岁）

1月16日下午，参加《七月》座谈会，题为"抗战以来的文艺活动动态与展望"，表达了自己关于抗战文艺的见解。同日，书评《〈大地的女儿〉与〈动乱时代〉》载于《七月》第二卷第二期。

1月27日，与萧军、聂绀弩、艾青、田间、端木蕻良等人离开武汉，前往山西临汾民族革命大学任教。

2月6日，抵达临汾，与丁玲率领的"西北战地服务团"相遇，结识丁玲，并建立深厚友谊。

2月，日军逼近临汾。下旬，随"西北战地服务团"转移运城，萧军执意留下打游击，二人在临汾分手。

3月初，抵达西安，住进八路军驻西安办事处。与塞克、端木蕻良、聂绀弩等人共同创作三幕话剧剧本《突击》。发现自己怀孕，想找医生堕胎未果。

3月16日，《突击》在西安隆重公演，一连三天七场，场场爆满，轰动西安城。萧红与其他主创人员受到周恩来等领导人的接见。

4月初，萧军随丁玲、聂绀弩来到八路军驻西安办事处。向萧军正式提出分手，其后明确与端木蕻良的恋爱关系。

4月下旬，与端木蕻良一起回到武汉，再次入住小金龙巷。

4月29日下午，出席由胡风召集的文艺座谈会，题目是《现时文艺活动与〈七月〉》。会上，坦率地表达了自己的创作观。

5月下旬，与端木蕻良在汉口大同酒家举行婚礼，胡风、艾青、池田幸子等人出席。

8月上旬，因武汉形势危急，端木蕻良离开武汉前往重庆。

8月11日前后，搬至位于汉口三教街的"中华全国文艺界抗敌协会"总部，与孔罗荪、蒋锡金等人住在一起，等候买船票入川。

9月中旬，与冯乃超夫人李声韵结伴去重庆。行至宜昌，李声韵不幸大咯血，萧红手足无措，幸得同船的《武汉日报》副刊《鹦鹉洲》编辑段公爽帮助，将她送进当地医院。两天后，一个人到达重庆。

11月，在江津一家私人小妇产医院产下一名男婴。产后第四天，平静告知白朗孩子头天夜里抽风而死。几天后，离开江津返回重庆。

12月，与池田幸子、绿川英子共住在米花街小胡同池田寓所。

12月22日，在塔斯社重庆分社，接受苏联记者罗果夫的采访。

1939年（29岁）

春，蛰居歌乐山潜心创作，完成了散文《滑竿》《林小二》《长安寺》，短篇小说《山下》《莲花池》等作品。

4月5日，致许广平的信（3月14日）以《离乱中的作家书简》为题，载于《鲁迅风》第十二期。

4月17日至5月7日，香港《星岛日报》副刊《星座》连载小说《旷野的呼喊》。

5月，与端木蕻良搬至嘉陵江畔的黄桷树镇，住进复旦大学苗圃。

9月22日，整理完成《鲁迅先生生活散记——为纪念鲁迅先生三周年祭而作》，后载于《中苏文化》第四卷第三期。此后，发表多篇回忆鲁迅的文章。

10月下旬，将整理好的有关回忆鲁迅的文字结集为一本小册子，取名《回忆鲁迅先生》。

秋，与端木蕻良搬进名叫"秉庄"的一座二层小楼。

11月，与端木应邀参加苏联大使馆在枇杷山举行的十月革命纪念节的庆祝活动。

12月中，重庆北碚不断遭到轰炸，因不能忍受惊扰，与端木蕻良商量离开重庆，参考友人华岗的意见，最终决定前往香港。

1940年（30岁）

1月17日，与端木蕻良离开重庆，乘飞机抵达香港，入住九龙尖沙咀金巴利道纳士佛台三号。

2月5日，"中华全国文艺界抗敌协会"香港分会在大东酒店举行全体会员聚餐会，热烈欢迎萧红、端木蕻良来港。次日，《立报》报道了该欢迎会的消息。

3月3日晚，参加在坚道养中女子中学举行的座谈会，讨论题目是《女学生与三八妇女节》。

3月，短篇小说集《旷野的呼喊》由上海杂志公司出版，列入郑伯奇主编的《每月文库》第一辑之十。

4月，以"中华全国文艺界抗敌协会"会员身份，登记成为"文协"香港分会会员。

5月11日，与端木蕻良应岭南大学艺文社之邀参加该校学生组织的文艺座谈会。

5月12日，与端木蕻良一起参加由香港"文协"与中国文化协进会共同举办的"黄自纪念音乐欣赏会"。

6月，《萧红散文》由重庆大时代书局出版。

6月24日，给华岗去信，关心其现状。此后一个月，与华岗书信往来频繁。

7月，《回忆鲁迅先生》由重庆妇女生活社出版。

8月3日下午3时，香港各界"纪念鲁迅先生六十生诞纪念会"在加路连山孔圣堂举行。会上，萧红报告鲁迅先生生平事迹。晚上，在孔圣堂举行晚会，上演萧红编写的哑剧《民族魂鲁迅》。

9月1日，《呼兰河传》开始在《星岛日报》副刊《星座》连载，12月20日《呼兰河传》完稿，至12月27日连载完毕。

1941年（31岁）

1月，《马伯乐》第一部由大时代书局出版，5个月后再版。

2月1日，长篇小说《马伯乐》第二部在香港《时代批评》杂志第六十四期开始连载。

2月初，与端木蕻良搬家至九龙乐道八号二楼。

2月17日，"文协"香港分会等文化团体，在思豪酒店举办茶会欢迎史沫特莱、宋之的、夏衍、范长江等人来港。茶会由萧红主持，史沫特莱发表演讲。

3月初，史沫特莱前来乐道八号看望。见萧红居住环境非常糟糕，执意邀请她到林荫台别墅与自己同住，两人共度了近一个月的时光。从林荫台回来，听说茅盾来港，与史沫特莱一起前往拜访，想劝说茅盾夫妇一同前往新加坡，遭婉拒。

5月初，史沫特莱返回美国，行前带走了萧红、端木蕻良的一些作品，准备在美国发表。萧红托其将一册《生死场》代送给美国作家辛克莱。

6月4日，收到辛克莱回赠的书和表示感谢的电报回信。

7月1日，小说《小城三月》载于《时代文学》第二期。

7月，常常失眠，咳嗽加剧，为治疗痔疮，再次住进玛丽医院。

8月4日，与端木蕻良应邀去香港大学讲学。当天下午，二人接到许地山病逝的消息。

9月中，美国女作家海伦·福斯特与他人合作将萧红《马房之夜》译出，发表在自己主编的《亚细亚》月刊九月号上。萧红、于毅夫、端木蕻良、周鲸文等374人在《旅港东北人士"九一八"十周年宣言》上签名。

11月初，出院回家，茅盾、巴人、杨刚、骆宾基、胡风等友人先后前来探望。

11月上旬，诗人柳亚子前来拜访端木蕻良，与萧红相识。

11月中旬，再次住进玛丽医院。因不满医生护士的冷遇，急于出院。

11月下旬，于毅夫前来看望，萧红向其倾诉内心苦楚，于毅夫在没有办理出院手续的情况下将其接回。

12月8日，日军偷袭珍珠港，对英美宣战，进攻九龙。柳亚子前来看望，骆宾基在电话中向端木蕻良辞行，在端木蕻良的挽留下，应允留下帮助照料萧红。是夜，从九龙转移至香港。

12月9日，住进思豪酒店。

12月18日，被迫转移至周鲸文家，后又转移到告罗士打酒店。在日军占领酒店前，端木蕻良、骆宾基又将萧红转移出来，曾在何镜吾家落过脚，最后安置在中环一家裁缝铺里。

12月24日，转至斯丹利街时代书店的书库安顿下来。

12月25日，香港沦陷。

1942年（32岁）

1月12日，住进养和医院，次日手术，术后发现医生误诊。

1月18日中午，转至玛丽医院。下午2时，安装了喉口呼吸铜管。因没有气流经过声带，不能说话。

1月19日夜12时，写下："我将与蓝天碧水永处，留得半部'红楼'给别人写了。……半生尽遭白眼、冷遇，身先死，不甘、不甘！"

1月22日晨，玛丽医院被日军接管，病人一律赶出。萧红被转至一家法国医院。其后，法国医院亦被军管。随即又被送至法国医生在圣士提反女校设立的临时救护站。6时许陷于深度昏迷。

1月22日上午10时，在法国医院设在圣士提反女校的临时救护站逝世。

1月24日，遗体在香港跑马地背后的日本火葬场火化。

1月25日黄昏，部分骨灰被安葬在浅水湾丽都酒店前花坛里（1957年8月15日，迁葬广州银河公墓）。

1月26日，剩余骨灰被安葬在圣士提反女校后院土山坡下。

出版说明

本全集收入作者 1932 年至 1941 年的各类作品,按小说、散文、诗歌、戏剧、书信来编排。小说部分,又按短篇小说、中长篇小说分别编排。编校时,对作者已结集出版的作品,按结集时的初版本编校;难觅初版本的作品,按权威版本编校;未结集出版的作品,按首刊本编校;未找到首刊本的作品,按权威版本编校;未公开发表的作品(诗歌、书信),按作者生前留下的文字编校。

为尊重作家本人的写作风格及行文习惯,同时也最大程度地保留那一时期的文体风貌,作品中的字词、数字、计量单位、标点符号及篇末的写作时间等,均保持原貌,一般不按现行的书写规范进行改动。对个别确实讹误的字词、标点,在编校时进行了修改。特此说明。